AF185669

Markus Peick

Blutige Karten

Ein Fußballkrimi
aus Gelsenkirchen

Gardez! Verlag

Bibliografische Information der Deutschen Nationalbibliothek
Die Deutsche Nationalbibliothek verzeichnet diese Publikation in der Deutschen Nationalbibliografie; detaillierte bibliografische Daten sind im Internet über http://dnb.d-nb.de abrufbar.

Alle Hauptfiguren und Handlungen sind frei erfunden. Ähnlichkeiten mit lebenden oder verstorbenen Personen sind rein zufällig.

© 2019 Markus Peick

Alle Nutzungsrechte dieser Ausgabe bei
Gardez! Verlag Michael Itschert,
Richthofenstraße 14, 42899 Remscheid, www.gardez.de

Lektorat und Korrektorat I Michael Itschert und Roland Reischl

Satz I Roland Reischl, Köln

Umschlaggestaltung I Sandra Ullrich, Remscheid

Titelbild I © SimpLine / AdobeStock

Druck I CPI, Leck. Printed in Germany

Originalausgabe, 1. Auflage 2019

Das Werk einschließlich aller seiner Teile ist urheberrechtlich geschützt. Jede Verwertung außerhalb der engen Grenzen des Urheberrechtsgesetzes ist ohne Zustimmung des Verlages unzulässig und strafbar. Dies gilt insbesondere für Vervielfältigungen, Übersetzungen, Mikroverfilmungen und die Einspeicherung und Verarbeitung in elektronischen Systemen.

ISBN 978-3-89796-282-8

Für die Jungs, die draußen steh'n.

„Was? Du ... " Es waren die letzten Worte, die die Welt von Karl Stancky hören sollte. Danach mischte sich sein Blut mit dem Regen und wurde in den Matsch gespült.

Bei Stefan (1)

Stefan Dobretzky rekelte sich nach einer zu kurzen Nacht noch ein wenig in seinem Bett. Zwar fiel schon ein wenig Licht durch die dunklen, etwas in die Jahre gekommenen Vorhänge und beleuchtete den Staub, der durch die Wohnung schwebte, doch der Wecker hatte sich noch nicht zu Wort gemeldet. Ein kurzer Blick auf die Digitalanzeige sagte ihm, dass seine „innere Uhr" ihn wieder etwas zu früh aus dem Schlaf geholt hatte. Er konnte also noch ein paar Minuten vor sich hin dämmern, bevor er sich zur Arbeit bewegen musste.

Gedankenverloren und noch ein wenig schlaftrunken strich er über seine schlanke, aber nicht eben muskulöse Brust und spürte die Stoppeln. Es war wohl mal wieder Zeit für eine Rasur. Danach fiel vielleicht auch nicht mehr so auf, dass sich die ersten grauen Haare unter die schwarzen mischten. Na ja, Sonja hatte es gestern nicht gestört. Sonja ... wie immer war sie nach dem Sex der Nacht nicht geblieben. An den Stoppeln hatte es sicher nicht gelegen, sie blieb eigentlich nie bis morgens. Wie er sie so kannte, konnten einige Wochen vergehen, bis sie sich wieder trafen. Und dann am Ende eines lustigen Abends im Bett landeten. Wobei Stefan sich nie so ganz sicher war, ob Sonja wirklich zum Höhepunkt kam. Ein Hecht im Bett war er garantiert nicht. Das war ihm klar.

Er setzte sich auf, kramte ein wenig in seinen Schubladen und bald mischte sich der Geruch frischen Grases in das abgestandene Aroma der Joints der letzten Nacht.

Mehrere tiefe Züge später meldete sich auch der Radiowecker mit der Müsli-Werbung zu Wort, die er so hasste. „Lecker, lecker, lecker ...“ Stefan mochte das Müsli eigentlich, aber nach der penetranten Reklame hatte er beschlossen, lieber die Marke zu wechseln.

Der Joint war zu Ende, die Werbung auch. Es folgten die Lokalnachrichten. „Guten Morgen! Wobei – ein nicht ganz so guter Morgen für einige Bewohner der Flüchtlingsunterkunft in Scholven.“ Stefan war schlagartig nicht mehr bekifft. Verdammte Scheiße!

„Wie die Polizei meldete, kam es gestern auf dem Gelände zu einer Auseinandersetzung, bei der auch Messer gezogen wurden. Zu Verletzten oder dem Hintergrund des Streits macht die Polizei bisher keine Angaben. Zu etwas anderem. In Heßler wird an diesem Morgen ... “ Okay, das Rasieren musste definitiv noch warten.

Als Stefan durch die Straße in Richtung Flüchtlingsunterkunft ging, staunte er nicht schlecht. Ganz schön viel Aufwand, den die Polizei da trieb. Klar, dachte er, geht ja um Ausländer. Da sind die Bullen immer gerne ganz vorne dabei.

„Weg da!“ Irgend so ein feister Uniformträger mit kurz geschorenen, dunklen Haaren brüllte Stefan an.

„Aber ... “

„Weg, hab’ ich gesagt. Hier gibt’s nix zu sehen!“

Als Sozialarbeiter hatte Stefan schon so manchen Polizisten kennengelernt. Der gehörte offensichtlich in die weit verbreitete Kategorie: „erst brüllen, dann denken – wenn überhaupt.“ Da der Dickliche sich schon wieder weggedreht hatte, musste Stefan in seinen Rücken sprechen. „Ich muss da hin.“

Der Bulle drehte sich wieder um und musterte Stefan von oben. Kurz blieb sein Blick an dem heraushängenden Hemdzipfel hängen, den Stefan erst jetzt bemerkte. Der Polizist zog die linke Augenbraue hoch. „In die Büsche? Warum das denn?"

„Nein, da hin!" Stefan zeigte auf die Flüchtlingsunterkunft weiter unten an der Straße. Immerhin, der Feiste folgte seinem Fingerzeig mit den Augen.

„Außen rum." Der Bulle drehte sich schon wieder weg und guckte in die Botanik. Stefan sah, wie eine ziemlich blasse, schlanke Polizistin mit blondem Pferdeschwanz aus den Büschen gekrochen kam. Sie sah nicht gut aus.

Am Tatort

„Du musst dich nicht schämen", sagte ihr erfahrener Kollege Franz zu ihr. Aber Mona schämte sich. Sie war Polizeischülerin, verdammt! Und wenn hundertmal eine Leiche im Schlamm zwischen den Büschen lag, deren Schädel reichlich deformiert war, sie hatte sich am Riemen zu reißen! Stattdessen hatte sie den Tatort reichlich, nun ja, mit ihrem Erbrochenen kontaminiert. Da würde sich die Spurensicherung freuen. Vermutlich muss ich jetzt noch eine Probe abgeben, damit ich nicht auch noch zu den möglichen Tätern gezählt werde, dachte sie.

Warum auch hatte Mike sie da hingehen lassen? Der Wichser! Sie wusste schon immer, dass er ein Arschloch war. Aber sie einfach da hintappern zu lassen ... und jetzt hing sie in den Büschen. Ihre Stiefel hatten unter dem Matsch gelitten und offensichtlich war sie auch noch in Hundescheiße getreten. Sie würgte erneut. Endlich konnte sie wieder hochgucken. Und das erste, was sie sah, war ausgerechnet Mikes kaum verhohlenes Grinsen, was sein breites Gesicht unter den allzu kurzen Haaren noch eine Spur breiter erscheinen ließ. Also doch. Wie sie gedacht hatte.

„Also, Mädel, was haben wir hier?" Wie immer von oben herab, der Mike. Als ob nicht einmal er mit seinem zweistelligen IQ – „mit einem Komma in der Mitte", wie sie gerne in Gedanken spöttelte – es erkennen konnte.

„Hm, eine Leiche?", versuchte sie die Coole zu spielen. Und dachte, sie sollte jetzt wieder professionell werden. Sie richtete ihren Pferdeschwanz wieder aus, den sie im Dienst immer trug. Vorschrift bei der Haarlänge. „Hat schon einer der Leute hier gesagt, wer das sein könnte?"

„Nein", antwortete stattdessen Franz, ihr älterer Kollege und eigentlich in allem eine Vaterfigur in ihrer Polizeiausbildung. Auch äußerlich wirkte er mit seinen grau melierten Haaren und dem knappen Bart wie ein wohlmeinender, gütiger Vater. „Alles nur Gaffer, gesehen hat keiner was. Vermisstenmeldungen haben wir auch gerade keine, die passen würden. Lass uns einfach den Tatort sichern ... wobei wohl das Einzige, was hier irgendeinen Wert haben könnte, die Spuren im Matsch sein dürften. Wobei das hier auch eher alles verwaschen aussieht. Der Regen heute Nacht war echt heftig."

„Aber ich sehe hier schon noch ein paar Schuhabdrücke", meinte Mona.

„Ein paar viele", bemerkte Mike, der immer das letzte Wort haben musste. „Das wird kein Spaß."

Im Flüchtlingsheim (1)

„Du bist aber früh dran." Claudia strich sich ein paar ihrer hennaroten, gelockten Haare von ihrem grünen Wallekleid und widmete sich dann wieder ihrem Körnerbrötchen mit garantiert veganem Brotaufstrich, als Stefan in das Büro der Flüchtlingsunterkunft kam.

„Na, wegen der Messerstecherei ... im Radio ... "

„Ach, vergisset. Weißt doch, wie die Bullen das immer hochsterilisieren. Warte mal ... ich hab, glaub ich, noch die tolle Pressemitteilung von denen offen. So was stellen die doch sofort ins Netz. Wenn die mal so schnell bei einem Einsatz wären, wie deren Pressestelle schreibt, Mann, die Welt wäre ein toller Ort ... Ich guck mal eben ... hier, ich hab's: Messerstecherei ... polizeibekanntes Flüchtlingsheim in Scholven ... blabla ... nur durch das beherzte Einschreiten eines massiven Polizeiaufgebots ... und so weiter und so blubb. Weißt du, was da wirklich war? Alles halb so wild."

Manchmal nervte Claudias Art Stefan wirklich sehr. „Und was war wirklich?"

„Ach, Rashid und Wael haben sich in der Küche in die Haare gekriegt. Keine Ahnung, weswegen. Wollten sie nicht sagen, is' ja eigentlich auch egal. Is' nix passiert."

„Nichts passiert? Im Radio haben sie von einer Messerstecherei gesprochen!"

„Da war keine Stecherei und das Messer war nur das, was Wael ohnehin gerade in der Hand gehabt hat. Der hat sich nämlich ein Brot gemacht. Mit so einem Buttermesser kannsse nicht mal einer Qualle wehtun. Aber die Polizei musste daraus ja wieder mal ein großes Ding machen. War echt nix."

Die Kommission (1)

Der Konferenzraum bot wenig Reize für Monas Sinne. Dunkle Vorhänge, die üblichen uralten RAF-Fahndungsplakate an den Wänden, die wegzuräumen sich wohl niemand getraut hatte. Trübes Neonlicht. Und trübe war auch eher die

Grundstimmung der Versammlung. Von Spannung, Aufregung oder Nervosität keine Spur. So hatte sie sich ihre erste Mordkommission nicht vorgestellt.

„Sicher ist auf jeden Fall, dass das Opfer, ein gewisser Karl Stancky, mit einem stumpfen Gegenstand erschlagen worden ist." Hauptkommissar Eugen Schmidt las von seinen Zetteln ab. In dem fahlen Licht war sein fast weißes Haar das einzige, was glänzte.

„*Stanski*", hörte Mona sich zu ihrer eigenen Überraschung sagen. „Es spricht sich *Stanski*, nicht *Stanki*." Schmidt sah überrascht auf. Offensichtlich war er es nicht gewohnt, dass man ihn in seinen Monologen unterbrach. Er schob sich die Brille zurecht, guckte etwas irritiert, redete dann aber weiter. „Die Ermittlungen der Spurensicherung dauern noch an. Die Jungs gehen aber davon aus, dass der blutbeschmierte Ast eine gewisse Rolle dabei gespielt haben dürfte, diesem ... *Stanski* den Schädel umzudekorieren. Ach übrigens, Frau Horstkötter, das wissen Sie, weil ... ?"

„Ich kenne den Mann."

„Ach?"

„Na ja, wie man in Gelsenkirchen die Leute halt so kennt. Der ist doch vom Schalker Fanclub-Verband. Irgendwas im Vorstand. War er zumindest mal."

„Jetzt, wo Sie es sagen ... und das hätten Sie nicht früher sagen können? Ich meine, Sie sind doch am Tatort gewesen."

Mona merkte, wie sie rot anlief. „Ja, aber ... also, ich habe ihn nicht sofort erkannt. Der Schädel ... Sie wissen ... " Sie schloss lieber den Mund, weil sie merkte, dass selbst noch der wenige ihr verbliebene Mageninhalt sich den Weg nach oben suchte.

Schmidt guckte sie kurz über seine vorgeschobene Brille an und sprach dann weiter. „Die Spurensicherung hat ihren Bericht noch nicht vorgelegt. Wir wissen aber, dass es am

Tatort zahlreiche Fußabdrücke gab, aber keine Schleifspuren. Wir müssen also davon ausgehen, dass der Mord genau dort geschehen ist. Offensichtlich hat der Täter sein Opfer mit einem stumpfen Gegenstand erschlagen und genau dort liegen lassen."

„Was hatte das Opfer dort zu suchen?" Ein älterer Kollege, Mona kannte ihn nur vom Sehen.

Schmidt: „Vermutlich war er dort zum Wasserlassen. In der Nähe ist die Kneipe, in der *Stank...* Stancky den Abend verbracht hat. Wenn wir die zahlreichen Fußspuren im Matsch betrachten und den dort trotz des Regens immer noch verbliebenen Uringeruch an der Wand in der Nähe, dürfte das ziemlich schlüssig sein. So ziemlich jeder in Gelsenkirchen hat die Büsche dort schon mal als Urinal benutzt. Zudem liegt die Stelle genau zwischen der Kneipe und der Wohnung des Opfers."

„Ich habe dort nur Kotze gerochen", sagte Mike, leise genug, dass zwar Mona ihn hören konnte, Schmidt aber nicht darauf reagieren musste. Sie merkte, wie ihr noch mehr Blut ins Gesicht schoss. Dieser Wichser!

„Deswegen verhören wir naturgemäß erst einmal die Anwohner. Schultz, Opcinsky, das übernehmen Sie bitte. Der Fall ist natürlich in allen Nachrichten, vielleicht kommt ja da etwas rein. Witschewski, Sie übernehmen das, sagen Sie der Telefonzentrale Bescheid. Dann sollten wir noch die Fan-Szene beleuchten. Drexler, Schoper, Horstkötter" – Mona horchte auf, als ihr Name fiel – „Sie gehen dahin. Und wo Sie gerade unterwegs sind, gucken Sie bitte auch bei der Familie vorbei." Mona war überrascht. Sie hatte sich schon gewundert, was sie als blutjunge Polizeimeisteranwärterin in einer Mordkommission zu suchen hatte. Dass sie am Leichenfundort war, war ja schon eher Zufall gewesen, weil sie mit Franz – immerhin schon „Kommissar Drexler" – und Mike im Streifenwagen gesessen hatte, als der Funkspruch von der Zentrale kam. Und jetzt sollte sie auch noch eine wichtige Rolle bei den Ermittlungen bekommen? Das hatte sie wirklich nicht erwartet. Anscheinend hatte der Hauptkommissar mitbekommen, dass sie eine gewisse Affinität zur Fan-Szene hatte. Hoffentlich weiß er davon nicht zu viel, dachte sie.

„Alle anderen Details entnehmen Sie bitte dem Faktenzettel, der ausgeteilt worden ist. Was Ihre Ermittlungen angeht: Sie teilen mir Ihre Ergebnisse umgehend mit und fertigen ein Memo für alle Versammelten hier." Schmidt guckte streng über seine Brille. „Ich kann es wohl nicht mehr lange verhindern, dass ich eine Pressekonferenz geben muss. Bis dahin hätte ich gerne etwas mehr in der Hand als das hier." Er wedelte mit dem Blatt mit den dürftigen Fakten, die bereits bekannt waren. „Nächstes Treffen morgen neun Uhr."

„Ich möchte noch erwähnen ...", hob Schmidt die Stimme. Seine Untergebenen verharrten halb im Sitzen, halb im Aufstehen, „... dass ich von allen, und damit meine ich ‚alle', professionelles Verhalten erwarte, ob nun bei den Ermittlungen vor Ort, bei Zeugenbefragungen oder ..." – er nutzte die Pause, um über seine Brille Mona anzusehen – „... oder am Tatort".

„Arschloch." Mona dachte sich das natürlich nur. Das war jetzt wohl die Retourkutsche für die Unterbrechung.

„Er hört sich halt gerne selbst reden", wisperte Franz ihr im Rausgehen zu. „Sollte man ihn nicht bei unterbrechen."

Die Ehefrau (1)

So hatte sich Mona Stanckys Wohnung vorgestellt. Ein Achtparteienhaus am Rande Ückendorfs, sechzig Quadratmeter für zwei Personen – Kinder hatte das Opfer keine, wie das Briefing ergeben hatte –, und alles in Blau und Weiß dekoriert. Fahnen, Wimpel, Poster und natürlich: das etwas in die Jahre gekommene Mobiliar, Eiche rustikal. „Gelsenkirchener Barock" halt. Auf dem abgewetzten Sofa saß die Frau, nein, Witwe, korrigierte sich Mona in Gedanken, Stanckys. Ihr hageres Gesicht zeigte kaum eine Spur von Tränen: Sie war frisch geschminkt, ihre grauen Haare ordentlich frisiert. Nicht gerade das, was sich Mona unter einer „trauernden Witwe" vorstellte.

„Ja, ich habe heute Morgen davon gehört. Ihre Kollegen waren so freundlich", sie schluchzte, „mich über den Tod meines Mannes zu informieren. Aber sie wollten nicht mehr sagen. Stimmt das, was sie im Radio sagen? Ermordet, in einem Busch? War das mein Mann? Die nette Polizeibeamtin heute Morgen hat nur gesagt, ‚vermutlich Opfer eines Gewaltverbrechens'. ‚Opfer eines Gewaltverbrechens', das hat sie gesagt."

Franz übernahm das Gespräch, darauf hatten sie sich geeinigt. Schließlich hatte er den höchsten Rang und damit im Zweifel auch immer das Sagen. Zudem war er mit Abstand der Älteste der kleinen Truppe. Na ja, geeinigt, er hatte gesagt: „Mike, du hältst das Maul. Und schon gar keine dummen Witze." Zu Mona hatte er nichts gesagt. Aber sie hätte ohnehin nicht gewusst, was sie die hagere Frau hätte fragen sollen.

„Ja, Frau Stancky, das können wir zurzeit nicht ausschließen. Bitte haben Sie Verständnis, dass wir jetzt noch nicht in die Details gehen können, wir stehen noch am Anfang der Ermittlungen. Ich weiß, dass das jetzt für Sie schwer sein muss, aber Sie verstehen natürlich, dass wir den Täter ermitteln wollen – ich denke, das ist auch in Ihrem Interesse."

„Wie? Ja, ja natürlich."

„Hatte Ihr Mann vielleicht Feinde?"

„Feinde ... " Sie machte eine längere Pause. „Nein, Feinde hatte er keine. Klar, da gibt es immer Reibereien mit den Fanclubs, aber das ist normal. Da streitet man schon mal, ob das Bier auf der Feier zu teuer ist. Und ob die Grillwurst vom richtigen Hersteller ist. Und natürlich waren immer alle unzufrieden, wenn sie keine Karten bekommen haben."

„Karten?", fragte Franz.

„Auswärtskarten natürlich."

Franz guckte etwas verwirrt und die Stancky sah sich genötigt, etwas weiter auszuholen. „Karten für Auswärtsspiele."

„Die sind ein Problem?"

Sie lachte kurz auf, sehr kurz und humorlos. „Sie gehen nicht auf Schalke, oder?" Ohne eine Antwort abzuwarten, fuhr sie fort: „Auswärtskarten sind knapp auf Schalke. Sehen Sie, der Fanclub-Verband hat über 100.000 Mitglieder. Ja, und die wollen natürlich alle gerne mal zu Auswärtsspielen. Zum Derby oder nach Hannover, weil das so nah ist. Ja, und es gibt nie genug Karten. Nie! Mein Mann verwaltet die Verteilung ... ich sollte wohl sagen, hat die Verteilung verwaltet." Sie streute wieder ein Schluchzen ein. „Aber das ist ja kein Grund, jemanden umzubringen."

„Ihr Mann wurde in der Nähe einer Gaststätte gefunden."

„Zum königsblauen Stollen."

„Das wissen Sie?"

„Da hat er fast jeden Abend verbracht. Ich kann nicht sagen, dass er immer nüchtern gewesen ist, wenn er nach Hause kam. Aber seine Leberwurstkniften, die wollte er dann immer haben. Habe ich ihm gemacht. Immer." Sie schluchzte.

„War er aggressiv, wenn er nach Hause gekommen ist? Manchmal? Hat er Sie vielleicht geschlagen?"

Sie wirkte jetzt ehrlich überrascht und erschrocken, dachte Mona. Die erste starke Gefühlsregung im Gespräch. Seltsam

16

eigentlich, dabei war doch gerade ihr Mann ermordet worden, mit dem sie vor einem Jahr Silberhochzeit gefeiert haben musste, wenn die Akten stimmten.

„Nein, geschlagen hat er mich nie. Das nicht!"

„Aber?" Mike konnte natürlich seine Klappe doch nicht halten.

„Aber?"

„Sie sagten, ‚das nicht'. Etwas anderes?"

„Das ist ja wohl eine Unverschämtheit! Mein Mann war ein guter Mann!"

Franz hatte danach einige Mühe, die Befragung fortzusetzen, bis sich Frau Stancky wieder beruhigt hatte. Doch etwas Nennenswertes kam dabei nicht heraus, dachte Mona bei sich.

Zurück im Dienstwagen sagte Franz: „Mike, das war nicht nötig."

Der feixte zurück: „Doch, fand ich schon. Die trauernde Witwe nehme ich ihr nicht ab. Hab' halt mal den bösen Cop gespielt. Guckst du keine Krimis?"

„Doch, aber nur gute, anscheinend andere als du. Egal. Mona, schreibst du bitte den Bericht?"

Mit der Polizeischülerin kann man es ja machen, dachte sich Mona. Immerhin weiß ich jetzt, wofür ich dabei gewesen bin. Wobei, das war unfair. Franz war immer nett zu ihr.

* * *

Die Befragungen seines „sozialen Umfelds" – außer Fanclub-Mitgliedern und seiner Familie hatte er wohl keines gehabt –, brachte wenig. Immerhin, drei waren darunter, die an dem fraglichen Abend in der Kneipe gewesen waren. Einer davon konnte sich an fast nichts erinnern. Stockbesoffen vermutlich, dachte Mona, der hat sicher nichts mehr mitbekommen. Aber die beiden anderen hatten dann doch Interessantes zu berichten.

Die Kommission (2)

Ungefähr so gab Franz das auch auf der Sitzung der Mord-kommission wieder. „Interessant waren die Aussagen zweier Mitglieder des Vorstands des Schalker Fanclub-Verbands." Er blickte kurz in seine Unterlagen. „Ein Klaus Brinkert war mit dem Opfer dort, gibt aber an, zu betrunken gewesen sein, um irgendetwas mitbekommen zu haben. Wenn ich mir sei-nen Zustand gestern Mittag so angucke und die Fahne, kann ich das auch ohne medizinisches Gutachten glauben."

Schmidt: „Sie sagen, Sie haben ihn gestern Mittag zu Hause angetroffen? Arbeitet der Mann nicht?"

„Ja, wir haben ihn bei sich zu Hause angetroffen. Seinen Beruf haben wir nicht überprüft, werden wir aber nachholen. Mona, übernimmst du das bitte?"

„Ja ... äh, ja, natürlich."

„Danke. Demgegenüber schildern die Zeugen Peter Knies und Harald Schulte übereinstimmend folgende Vorkomm-nisse: Gegen 21.30 Uhr sei das Opfer zur Toilette gegangen. Nachdem Stancky wohl sein Geschäft verrichtet haben muss, zumindest vom zeitlichen Rahmen her, haben die beiden einen Streit gehört. Einer der Beteiligten war das Opfer, der andere habe nur gebrochen Deutsch gesprochen. Beide geben an, nicht verstanden zu haben, worum der Streit ging. Wir wollten dazu den Kneipenwirt befragen, der war aber gestern nicht aufzufinden."

Kriminalhauptkommissar Eugen Schmidt nickte anerken-nend. „Vielen Dank, meine Herren und Frau Horstkötter.

Bitte ermitteln Sie in die Richtung weiter. Gibt es weitere Vorschläge, in welche Richtungen wir noch ermitteln sollten, meine Herren ... und Damen?"

„Was ist mit den Ultras?", warf Simhardt ein. „Da haben wir ja genügend Gewaltpotenzial. Vielleicht sollten wir die überprüfen."

„Wie viele von denen haben wir denn in der ZIS[1]?", fragte der KHK zurück. Er guckte in die Runde. „Wir haben keinen szenekundigen Beamten in der Runde. Mein Fehler. Ich werde darüber nachdenken, einen hinzuzuziehen. Bis dahin die Frage, hat jemand eine Vorstellung?"

„Rund 400 alleine in unserer Datenbank", brach es aus Mona heraus, bevor ihr einfiel, dass sie das ja eigentlich nicht wissen sollte. Sie wurde rot. Hoffentlich fragte jetzt keiner nach, sonst würde sie am Ende eingestehen müssen, dass sie sich mal ein wenig im System „umgeschaut" hatte, als sie alleine im Büro saß.

Angefangen hatte es damit, dass sie wissen wollte, was ihr Jonas so alles an Einträgen hatte. Dann, weil es so einfach war, hatte sie einfach weitere Namen eingegeben und am

---

[1] *Zentrale Informationsstelle Sporteinsätze. Hier erfassen die Polizei-behörden Straftaten, die im Zusammenhang mit Fußball stehen – und nicht nur solche. Hier laufen auch Informationen zu Ermittlungsverfahren auf, die gerade erst eingeleitet wurden. Fußballfans monieren oft, dass hier Daten stehen und nicht gelöscht werden, die per Gesetz schon längst ge-löscht sein müssten.*
Noch umfassender sind die Datenbanken, die lokale Polizeibehörden pfle-gen und denen die Rechtsgrundlage fehlt; in diversen Bundesländern haben die Datenschützer diese Datenbanken geschlossen, nicht jedoch in Nordrhein-Westfalen. Hier finden sich auch Daten zu Personen, die keine Straftaten begangenen haben oder gegen die Ermittlungen eingeleitet wurden. Sogar Beziehungen zwischen den Einzelpersonen sind hier gespei-chert. Auf Anfrage der Betroffenen wurde die Existenz dieser Datenbanken zunächst geleugnet; mittlerweile mussten die Polizeibehörden aber ein-räumen, dass es sie gibt.

Ende einfach mal die ganze Liste angeguckt. Ganz schön interessant, was hier alles stand: Selbst wer mit wem befreundet war, wer bei den Ultras oder den Hooligans eine Führungsposition innehatte und wer eher Mitläufer war. Und wer mit wem in die Kiste stieg. Selbst die Freundinnen, die offenkundig nicht zur „Szene" gehörten, waren dort verzeichnet.

Mona war erleichtert gewesen, als sie feststelle, dass ihr Name dort nicht auftauchte. Und jetzt verplapperte sie sich einfach. Doch sie hatte Glück, niemand fragte nach.

Hauptkommissar Schmidt hatte ein ganz anderes Problem: „400 gewaltbereite oder Gewalt suchende Fußballfans? Ich glaube, auf gut Glück überprüfen wir die jetzt nicht alle. Wenigstens nicht, solange wir es vermeiden können."

Der KHK wechselte lieber das Thema. „Wir haben mittlerweile auch einen ersten Bericht von der Gerichtsmedizin. Ich muss wohl nicht erwähnen, dass dies selbstverständlich nur ein erster, mündlich überlieferter Bericht ist, wie das bei den Rechtsmedizinern ja immer so ist. Den finalen Bericht werden wir wohl erst in ein paar Tagen bekommen."

Wenn es überflüssig ist zu erwähnen, warum erwähnt er es dann, fragte sich Mona in Gedanken. Vor allem, weil er so lange brauchte, um überhaupt auf den Punkt zu kommen.

„Nach den ersten vorläufigen", Schmidt guckte mahnend über seine Brille, scheint eine Manie von ihm zu sein, dachte Mona, „ich betone, vorläufigen Ergebnissen, wie die Kollegen von der Rechtsmedizin nicht unterlassen haben zu unterstreichen, ist das Opfer durch wiederholte stumpfe Gewalteinwirkung auf den Kopf verstorben. Rund um die Wunden fanden sich mehrere kleine Stücke von Baumrinde."

„Also hat der Täter immer wieder mit einem dicken Stock auf seinen Kopp eingeschlagen." Mike und seine große Klappe.

Schmidt guckte ihn mit ehrlicher Überraschung an und schob seine Brille zurück: „Sagte ich das nicht gerade?"

* * *

Mona hatte kaum die Zeit, sich ein belegtes Brötchen zu holen, da kam auch schon Franz in die Kantine. „Komm, wir müssen los."

Mona packte das gerade erst angebissene Brötchen in eine Papiertüte. Dann eben im Wagen essen. Wieder einmal. Mit ihrer gesunden Ernährung war es schwierig geworden, seit sie die Polizeilaufbahn eingeschlagen hatte. „Wohin, wenn ich fragen darf?"

„Wir fahren noch einmal zu diesem Kneipenwirt. Vielleicht ist er ja jetzt anzutreffen. Wenn nicht, haben wir auch noch ein paar von diesen Fanclub-Vertretern abzuklappern."

Sie hatten Glück. Horst Panupke war tatsächlich zu Hause anzutreffen und ließ sie nach einer skeptischen Musterung ihrer Dienstausweise auch eintreten. „Mit meiner Küche ist alles in Ordnung!"

„Warum sollten wir uns für Ihre Küche interessieren?"

„Dachte. Die Konkurrenz hat wohl nichts Besseres zu tun, als mir laufend das Amt auf den Hals zu schicken – und jetzt sogar schon bis zu mir nach Hause." Er lotste sie in die Küche seiner Wohnung. Offensichtlich hatten sie ihn beim Frühstück gestört. Da geht es ihm wie mir, dachte Mona. Für etwas anderes als Frühstück und Kaffeekochen wurde die Küche offensichtlich nicht genutzt: Viele Tassen, Teller und Buttermesser lagen in der Spüle, aber von Küchenutensilien außer der Kaffeemaschine neben dem Herd keine Spur. Vermutlich aß Kanupke jeden Abend in seiner Kneipe. Und wenn man ihn sich so anguckte, in der Regel wohl etwas Frittiertes mit reichlich fetter Beilage, mit ebenso reichlich Bier zum Runterspülen. Ins Sonnenlicht kam er offensichtlich eher selten.

„Wir ermitteln im Tötungsdelikt zu Lasten Karl Stancky. Nach unseren Ermittlungen hat er sich zuletzt in Ihrer Kneipe aufgehalten."

„Das stimmt. Ist so gegen 23 Uhr gegangen."

„Ist Ihnen an dem Abend oder an seinem Verhalten etwas Besonderes aufgefallen?"

„Ne, eigentlich war der Abend ganz normal, bis ich dann gestern Morgen in den Nachrichten von dem Mord gehört habe."

„Wieso glauben Sie, dass es ein Mord war?" Mike natürlich.

„Was soll es sonst gewesen sein?" Panupke lachte. „Ach, Sie wollen mich testen, ob ich der Mörder gewesen sein könnte. Täterwissen oder was? Da muss ich Sie enttäuschen. Mein Informant hat wohl die halbe Stadt informiert. Das war der Moderator der Nachrichten im Radio." Er lachte wieder.

Schlagartig wurde er wieder ernst. „Also, so im Rückblick fällt einem natürlich doch was ein. Karl ist eigentlich jeden Abend bei mir und trinkt ein, zwei Bier."

„Ein oder zwei Bier hat er getrunken?" Wieder Mike.

„Na ja, eher ein, zwei Bier zu viel, obwohl ich das nicht sagen sollte, er und seine Jungs sorgen nicht unwesentlich für meinen Umsatz. Na ja, in Zukunft er wohl nicht mehr ... auf jeden Fall, eigentlich war alles normal. Er hat sich aber dann mit diesem Ausländer gestritten, wie ich gesehen habe, es gab auch ein wenig Geschubse, aber ich konnte die beiden rasch trennen. Keine Ahnung, worum es ging, wenn Sie mich jetzt das fragen wollen. Ich habe die beiden nicht gefragt und den Anfang vom Streit auch nicht mitbekommen."

„Können Sie den Ausländer identifizieren?"

„Keine Ahnung. Für mich sehen die alle gleich aus."

„Ich darf Sie dennoch bitten, es zu versuchen. Können Sie in einer Stunde auf der Wache sein? Dann wäre alles für eine Gegenüberstellung vorbereitet."

„In einer Stunde ... ja, das geht. Aber bitte nicht zu lange. Ich muss noch für heute einkaufen, sonst bekommen meine Gäste keine Currywurst. Und das wäre nicht gut für das Geschäft." Aber für deinen Bauch, dachte Mona. Vielleicht solltest du es mal mit einem Salatteller versuchen.

* * *

Mona war das erste Mal bei einer „Gegenüberstellung" und wusste aus ihren Fortbildungen, dass das beileibe nicht so war, wie man es aus US-amerikanischen Krimis kannte. Fünf Männer, der Zeuge hinter einer Spiegelwand – das fiel nur schlechten Krimiautoren ein. Tatsächlich handelte es sich um einen nüchternen Büroraum ohne Fenster. Nichts unterbrach die weiße Leere der Wand, und auch das Mobiliar bestand nur aus fünf schlichten Holzstühlen, einem in die Jahre gekommenen Schreibtisch und einem Computer samt Monitor. Röhrenmonitor, wie Mona etwas erschüttert feststellte. Auf Hightech wurde hier offensichtlich kein Wert gelegt. Oder es war auch dafür wieder einmal kein Geld vorhanden.

Außerdem handelte es sich gar nicht um eine Gegenüberstellung, sondern um eine „Wahllichtbildvorlage", wie es im Polizeijargon hieß. Der Beamte am Computer – Mona kannte ihn nur vom Sehen und er stellte sich auch nicht vor – ließ acht Fotos von Männern auf dem Bildschirm erscheinen.

„Schwer hat es der Panupke nicht", dachte Mona, „zwei sind blond und insgesamt sechs von den acht sehen nicht wirklich nach Flüchtlingen aus. Schon eher ziemlich deutsch."

Nach einigem Zögern deutete Panupke auf ein Bild. „Ich denke, der wird es gewesen sein."

„Sie denken?", fragte Franz.

„Ja, der sieht so aus."

Danach war er entlassen und der Beamte am Computer holte die Daten auf den Schirm. „Wael Hemidi. Haben wir erst seit vorgestern in der Datenbank. Vorwurf der gefährlichen Körperverletzung mit einem Messer im Flüchtlingsheim Scholven."

Mike lachte. „Na, da haben wir unserem KHK ja was zu erzählen."

Im Flüchtlingsheim (2)

Im Flüchtlingsheim herrschte Ruhe. Stefan und Claudia arbeiteten seit Stunden alle möglichen Papierberge ab, während die Flüchtlinge zum großen Teil außer Haus waren, einkaufen oder so. Die wenigen verbliebenen waren offensichtlich mit sich selbst beschäftigt. Stefan steckte gerade tief in einem Bericht, als er die Klingel hörte. Gerne hätte er aufgemacht, aber Claudia, die wohl auch nur zu gern nach einer Ablenkung suchte, rauschte schon zu Tür.

Stefan hörte die Stimmen im Flur nicht ganz deutlich, aber deutlich genug. Claudia hatte die Tür geöffnet und war sichtlich in aggressiver Grundstimmung.

„Sie schon wieder? Können wir Ihnen helfen – wieder einmal?"

Eine Männerstimme antwortet. „Wir müssten einen gewissen ... Wael Hemidi ... verhören."

„Schon wieder? Ich dachte, die Sache mit dem Messer", sie hob ihre Stimme, „dem angeblichen Messerangriff hätten wir geklärt?"

„Darum geht es nicht. Können Sie uns bitte zu Herrn ... Hemidi bringen?"

„Worum denn dann? Und wenn Sie schon mit einem Menschen reden wollen, dann wäre es schon sehr höflich, wenn Sie sich 'nen Namen merken könnten, ohne dass Sie ihn immer ablesen müssen. He-mi-di. So schwer ist das nicht. Soll ich es Ihnen buchstabieren? Ach nein, das steht ja schon auf Ihrem Zettel, das könnten Sie auch so hinbekommen.

„Frau ... "

„Meyer. Das ist fast noch einfacher. Mey-er. Schöner deutscher Name. Wir haben uns übrigens vorgestern erst gesprochen. Ich habe seitdem auch nicht geheiratet, ich heiße jetzt also nicht Müller oder Pritschikowski, sondern immer noch Meyer. Aber ich verspreche Ihnen, wenn ich irgendwann doch einmal heiraten sollte, dann nur einen Herrn Meyer. Vielleicht einen mit i in der Mitte, Meier. Von wegen die Eier. Aber das ist dann auch alles. Scheint ja, wir sehen uns jetzt fast jeden Tag, da möchte ich es Ihnen nicht unnötig schwer machen."

Jetzt bekam auch die Männerstimme einen aggressiven Unterton. „Frau Meyer, Sie befinden sich nur so wenig", er machte eine Pause, hielt Daumen und Zeigefinger nur etwa einen Zentimeter auseinander, „von einer Anzeige wegen Beamtenbeleidigung entfernt."

„Was bei Ihnen so klein is', wie Sie mir da zeigen, möchte ich eigentlich gar nicht wissen."

„Frau Meyer!"

„Sehen Sie, geht doch. Sie können sich meinen Namen ja doch merken. Für Ihre Anzeige: Meyer mit Ypsilon. Und ‚e'. Sogar zwei davon. Soll ich Ihnen jetzt auch noch den Namen des Anwalts nennen, der Sie und Ihre Vorgesetzten auseinandernimmt, wenn Sie wirklich Ihre lächerliche kleine Anzeige schreiben?"

Eine andere Männerstimme ertönte. „Frau Meyer, vielleicht beruhigen wir uns jetzt alle ein wenig. Und ich verspreche Ihnen auch, mein Kollege wird Ihnen zu Ihrer Hochzeit einen Blumenstrauß schicken. Können Sie uns jetzt bitte zu Herrn Hemidi führen oder müssen wir ihn vorführen lassen? Ich denke, wir wissen alle, dass Flüchtlinge nicht besonders gerne mit Polizeigewalt abgeholt werden. Von daher wäre es wirklich besser ...“

Stefan kannte Claudia gut genug, um zu wissen, dass sie ihren Zorn nur unterdrückte, weil sie das letzte Argument überzeugt hatte. „Ihre“ Flüchtlinge waren ihr ans Herz gewachsen. Trotzdem schreckte sie nicht davor zurück, insbesondere den Männern die Leviten zu lesen: „Manche haben ein Frauenbild, das treibe ich ihnen schon noch aus“, sagte sie dann. Und tatsächlich gelang es ihr, sich mit ihrem resoluten Auftreten Respekt zu verschaffen. Was aber nichts an der Tatsache änderte, dass sie auf die Flüchtlinge nichts kommen ließ und sich entschlossen hinter sie stellte, wenn Uniformierte etwas von ihnen wollten. Schließlich wusste sie, dass viele in ihren Heimatländern unliebsame Erfahrungen mit Polizei und Militär gemacht hatten und darum den Kontakt zu deutschen Polizisten scheuten. Manchmal konnte das sogar traumatische Erinnerungen auslösen.

Nach wenigen Minuten war Claudia zurück im Büro, knallte sich auf ihren Sessel und sagte laut. „So ein Arschloch.“

„Leise, er könnte dich hören. Und dann hat er allen Grund für eine Anzeige.“

„Dazu muss er erst einmal beweisen, dass er gemeint war, und das kann er nicht.“ Sie wurde trotzdem leiser. „Schließlich ist er nicht mal im gleichen Raum. Vielleicht meine ich ja den Verfasser dieser E-Mail“, sie nickte in Richtung ihres Rechners. Stefan warf einen Blick darauf. „Du meinst den Herrn Zattoo, der dir gerade Birkenstocks andrehen will?“

Sie schnaubte nur, und Stefan zog es vor, sich wieder den Unterlagen zu widmen, die sich auf seinem Schreibtisch häuften. Diesmal war nichts vom Bundesamt für Migration dabei, was schlechte Nachrichten für einen seiner Schützlinge bedeutet hätte. Gut soweit. Er blätterte lustlos durch eine neue Verordnung der Stadt Gelsenkirchen, bis er auf einmal laute Stimmen und Gerumpel hörte.

„Was zum ...?" Claudia war noch schneller in der Tür als er, aber er kam noch früh genug dahin, um zu sehen, wie zwei Polizeibeamten Wael in Handschellen abführten.

„Was fällt Ihnen ein?" Claudia war nun wirklich in Rage, und zwar in keiner unterdrückten. „Was tun Sie da?"

„Wir nehmen Herrn Hemidi mit auf die Wache."

„Was haben Sie mir denn gerade erzählt von wegen Flüchtlinge und Polizeiwagen und so?"

„Frau Meyer, bitte verstehen Sie, wir ... " Die zweite Stimme von vorhin gehörte dem schlankeren der beiden Beamten.

„Wir kümmern uns um diese Menschen und Ihnen fällt nichts Besseres ein als ... "

Es war einer der wenigen Momente, in denen es Stefan gelang, Claudia doch einmal erfolgreich ins Wort zu fallen: „Meine Herren, entschuldigen Sie. Darf ich Sie fragen, auf welcher Rechtsgrundlage Sie einen Bewohner dieses Flüchtlingsheims mitnehmen?"

„Das geht Sie gar nichts an." Der kräftigere der beiden Beamten hatte offensichtlich aus seiner ersten Begegnung mit Claudia nichts gelernt.

„Ich denke doch. Auch Flüchtlinge haben ihre Rechte!", insistierte Claudia.

„Bitte machen Sie es nicht unnötig kompliziert. Er kommt auf die Wache. Wir von der Mordkommission hätten da ein paar Fragen an ihn", sagte der andere Polizist.

„Als Zeuge oder Beschuldigter?", erkundigte sich Stefan betont ruhig.

„Da Sie offensichtlich keine Angehörigen sind, dürfen wir Ihnen diese Frage nicht beantworten."

„Aber seinem Anwalt." Wenn Blicke töten könnten, Claudia wäre um eine Anklage wegen Totschlags nicht herumgekommen. „Ich werde ihn umgehend verständigen." Wael guckte nur hilflos. Offensichtlich verstand er nicht, was um ihn herum vorging. Stefan wusste, dass es mit seinem Deutsch nicht weit her war.

„Er hat einen Anwalt?" Der zweite Beamte guckte irritiert.

„Ja", sagte Claudia mit fester Stimme. Kaum hatten die Polizisten das Flüchtlingsheim verlassen, hing sie auch schon am Telefon und telefonierte mit einem ihrer Helfer im Flüchtlingsheim, einem Anwalt, um ihren Worten auch Taten folgen zu lassen. „So, erledigt, Wilhelm kümmert sich." Sie musterte Stefan von oben bis unten. „Und du stehst da 'rum und tust mal wieder gar nichts."

„Was soll ich denn bitte tun, wenn die Polizei ... "

„Nichts. Sage ich ja. Kannst du am besten."

Stefan kannte diese Launen und wusste: Jetzt sagte er besser nichts, auch wenn es in ihm kochte.

Die Vernehmung

„Diese rothaarige Hexe hat gedroht, einen Anwalt einzuschalten", beschwerte sich Peter Simhard später bei Hauptkommissar Schmidt, während er seine Uniform zurechtrückte, die über dem Bauch ein wenig spannte. „Sind seine Rechte, hat sie betont."

„Die ‚Hexe' habe ich überhört", sagte Schmidt. „Hat sich dieser Flüchtling schon geäußert?"

„Wollte nichts sagen und hat dann angefangen, mit Sachen zu werfen. Darum haben wir ihn mitgenommen", antwortete stattdessen Kommissar Hermann Forst. An die Art seines bulligeren Kollegen hatte er sich bereits gewöhnt, aber manchmal schritt er lieber ein, bevor der sich um Kopf und Kragen redete.

„Ich meinte, hat er bereits einen Anwalt gefordert?"

„Nein, das nicht."

„Dann beeilen Sie sich gefälligst! Schaffen Sie eine Übersetzerin herbei und vernehmen Sie ihn schnell, bevor er noch auf diesen Gedanken kommt. Oder die Dame aus dem Flüchtlingsheim ihren Sozialen kriegt."

* * *

„Reine Zeitverschwendung", erfuhr Schmidt nach einer halben Stunde Verhör. Trotz Übersetzerin war die Vernehmung rasch vorbei. Ergebnislos, wie er meinte, als er den Bericht seiner Beamten hörte. Er selbst war bei der Vernehmung nicht zugegen gewesen: Er hatte sich das abgewöhnt, seitdem ihn mal ein Anwalt im Zeugenstand demontiert hatte, weil er als Leiter der ermittelnden Kommission nunmehr befangen sei. Bevor Schmidt damals das Landgericht verlassen konnte, hatte der Staatsanwalt eine Verhandlungspause genutzt und ihn abgefangen. Nur zu dem Zweck, ihm reichlich harsch noch einmal zu erklären, dass er die Verhöre nicht zu leiten hätte, sondern sich dabei am besten in einem anderen Land, wenn nicht in einem anderen Sonnensystem aufzuhalten hätte. Schmidt war nicht dumm; er hatte daraus gelernt.

„Dieser Syrer will nichts getan haben, von nichts wissen und vermutlich ist seine Mutter ein Hase, wie auch immer das auf Arabisch heißt. Ja, er hat sich mit einem Mann gestritten, weil der seine Mutter eine dreckige Hure und seinen Vater einen Zickenficker genannt haben soll. Hat sich jetzt noch ziemlich darüber aufgeregt."

„Da stimmt was nicht."

„Bitte?" Schmidt sah die Übersetzerin an. Sie hatte ihren Job gut gemacht, nur übersetzt und offenbar nichts Eigenes hinzugefügt, hatten seine Beamten gesagt. Kein Wunder, dass die Polizei Gelsenkirchen immer wieder gerne auf sie zurückgriff. Vor allem, weil es wenige Übersetzer gab, die vereidigt waren und zur Not auch vor Gericht als glaubwürdige Zeugen dienen konnten. Anwälte liebten es, ganze Verhöre mit Beweisverwertungsverboten zu überziehen, um die Glaubwürdigkeit der Übersetzer in Zweifel zu ziehen. Diesen Fehler wollte sich Schmidt nicht leisten.

„Der Dialekt passt nicht." Alkousaa schüttelte den Kopf, dass ihre langen schwarzen Haare nur so um sie wehten. Sie mochte das Gefühl von Freiheit. Ihre Mutter hatte sie lange gezwungen, ihr schönes Haar unter einem Kopftuch zu verstecken, bis sie sich endlich alt genug fühlte, ihr Paroli zu bieten. Ihre Mutter hatte danach oft geweint ob ihres „verderbten Lebenswandels", wie sie es nannte. Es war Alkousaa gleichgültig geworden. Sie lebte im Hier – Deutschland – und im Jetzt, dem dritten Jahrtausend westlicher Zeitrechnung, hatte sie ihrer Mutter beschieden. Jetzt sah sie sie eigentlich nur noch an ihren Geburtstagen, mehr aus Anstand als aus Liebe.

„Bitte?" Schmidt war verwundert.

„Das ist kein Syrer."

„Woher ..."

„... ich das wissen will? Weil das Arabisch, das der junge Mann spricht, definitiv kein syrisches Arabisch ist. Ich habe ihn kaum verstehen können. Er hat sich Mühe gegeben, sich einen syrischen Klang zu geben, aber er stammt definitiv nicht aus Syrien, nicht einmal aus der näheren Umgebung. Eher aus dem Maghreb, würde ich vermuten, aber da bin ich mir nicht sicher."

„Da gibt es Unterschiede? So was wie Dialekte?"

„Eigentlich sogar verschiedene Sprachen", betonte Alkousaa. „Das ist nicht wie Norddeutsch und Bayrisch, was wechselseitig schon nicht besonders gut verständlich ist. Bei Arabisch ist es eigentlich viel schlimmer. Arabisch ist eigentlich nicht *eine* Sprache, sondern fast schon eine ganze Sprachgruppe. Sehen Sie, im Mittelalter gab es noch keine Kommunikation über so weite Strecken wie von der arabischen Halbinsel bis nach Spanien, zumindest keine nennenswerte, abgesehen vielleicht von ein paar Händlern. So hat sich die Sprache natürlich ähnlich weit auseinanderentwickelt wie, sagen wir, Französisch und Italienisch aus dem Lateinischen. Oder sogar noch weiter."

„Aber man spricht doch vom ‚Arabischen'?"

„Ja. Der Koran hat vieles zusammengehalten. Schriftarabisch ist überall verständlich, aber das wird nur gesprochen, wenn man sich verständigen will – so wie ein Bayer, der auch nur Hochdeutsch spricht, wenn er nicht unter seinesgleichen ist. Hocharabisch aber hat nur noch wenig mit dem gesprochenen Arabisch in den Regionen zu tun. Das ist wie ein gemeinsames Dach, das wirklich sehr viele verschiedene Varianten umfasst. Wenn ein Italiener sich ganz viel Mühe gibt und sich viel zusammenreimt, kann er vielleicht noch Latein lesen. Wenn aber einer Latein gelernt hat, wird er deswegen weder Französisch noch Spanisch sprechen können. Glauben Sie mir, ich habe das große Latinum und kann mir auf Französisch nicht mal ein Baguette bestellen, ohne mit dem Finger darauf zu zeigen."

„Das ist ja sehr interessant, Frau Alku... also, das ist interessant. Also, Sie sagen, dieser Mann kommt gar nicht aus Syrien, wie er behauptet?"

Alkousaa seufzte. „Genau das sage ich."

„Also ist er gar kein Kriegsflüchtling?"

Die Übersetzerin seufzte wieder. „Zumindest nicht aus Syrien."

„Da sind Sie sicher?"

„Hören Sie, meine Eltern sind beide Syrer. Wenn ich etwas kenne, dann ist es der Klang von syrischem Arabisch. Bestens." Vor allem, wenn zwei sich darin jeden Abend anbrüllen, fügte sie in Gedanken hinzu.

„Und das würden Sie auch vor Gericht aussagen?"

„Ich bin vereidigte Dolmetscherin, keine Linguistin. Da werden Sie sich jemand anders suchen müssen. Ich dachte mir nur, Sie sollten es wissen."

Bei Stefan (2)

Stefan war dabei, die zahlreichen Gewürze in das fein durchgedrehte Putenfleisch einzuarbeiten. Es hatte ihn Tage gekostet, den Metzger zu überzeugen, dass er für ihn das Fleisch fein durchdrehte. Am Ende hatte er nicht nur ein Pfund nehmen müssen. „Es bleibt zu viel im Fleischwolf hängen", hatte ihm die Fleischereifachverkäuferin seines Vertrauens erläutert. „Das lohnt sich erst, wenn es mindestens zwei Kilo sind".

Er hatte dann drei gekauft. Wozu hatte er schließlich einen Gefrierschrank, und wenn das neue libanesische Rezept, das ihm ein Flüchtling mitgegeben hatte, hielt, was es versprach, dann standen ihm kulinarische Freuden bevor. Das konnte man dann auch mit dem eingefrorenen Fleisch wiederholen. Just, als er sich in die tiefen Tiefen seines Gewürzfachs begeben wollte, um ein wenig Korianderblatt zu finden, klingelte sein Handy. Claudia, verriet ihm das Display.

„Ja, Claudia?"

„Diese Schweine!"

Damit kam aus Claudias Sicht die halbe Weltbevölkerung in Frage. „Welche Schweine, bitte?"

„Die Bullen natürlich!"

„Okay, was ist jetzt wieder, sind sie schon wieder bei uns?"

„Nein, das nicht. Wilhelm hat angerufen. Die haben Wael schon verhört, ohne dass er dabei gewesen wäre."

„Scheiße, das dürfen die doch nicht."

Ihre Stimme triefte vor Ironie. „Ach, was du nicht sagst. Du weißt doch selbst ganz genau, das hat die noch nie gestört."

„Was hat Wilhelm denn noch erzählt?"

„Also, offensichtlich haben sie ihn wegen ‚Widerstands gegen die Staatsgewalt' mitgenommen. Er hat wohl heute Morgen mit Sachen nach den Bullen geworfen. Kann ich ihm nicht verdenken." Stefan seufzte so leise, dass Claudia es nicht hören konnte. Die redete auch direkt weiter: „Das is' aber noch nicht alles. Die behaupten, er hätte diesen Kerl da ermordet."

„Welchen Kerl?"

„Na, den sie in den Büschen gefunden haben! Die Leiche!"

„Oh. Wie kommen die denn darauf? Wael war doch die ganze Zeit im Heim."

„Kannst du das beweisen? Die sagen, er wäre in der Kneipe gewesen, hätte sich mit dem Kerl gezofft und dann soll er ihm draußen aufgelauert haben."

„Unser Wael, einfach so?"

„Ja."

„Lass uns morgen quatschen", meinte Stefan. Er fühlte sich wie vor den Kopf gestoßen. Wael? Ein Mörder? Irgendwie passte das nicht. Klar, Wael war schon immer unbeherrscht und aggressiv gewesen, aber einfach mir nichts, dir nichts jemandem den Kopf einzuschlagen? Das passte einfach nicht. Claudia redete noch eine Weile weiter, aber eigentlich regte sie sich nur über „die Bullen" auf. Irgendwann fand sie dann doch ein Ende, und Stefan blieb mit seinen Gedanken und Gefühlen alleine.

Die Kommission (3)

„Dann ist der Fall ja sonnenklar." In seinem Eifer merkte Mike gar nicht, dass Schmidt eine Augenbraue hochzog. In seinem Bericht vom Verhör unterbrochen zu werden, schätzte er gar nicht. Dennoch ließ er den Polizeimeister fortfahren. Erst einmal. „Das ist ja offensichtlich kein Kriegsflüchtling, sondern ein Wirtschaftsflüchtling oder vermutlich sogar ein IS-Terrorist. Keine Ahnung, vielleicht hat dieser Stancky ihn ja von einem Terroranschlag abhalten wollen."

„Ein Terroranschlag?" Schmidt hob seine Stimme. „Ich glaube, Polizeimeister Schoper, Ihre Fantasie geht mit Ihnen durch."

„Vielleicht sollten wir das Flüchtlingsheim mal durchsuchen." Mike hatte sich in Rage geredet. „Vermutlich steckt seine Matratze voller Sprengstoff."

„Steckt sie nicht." PK Forst war das. Zum ersten Mal bemerkte Mona, dass Hauptkommissar Schmidt die Sitzungsleitung entglitt. Der riss sie auch sofort wieder an sich. „Kommissar Forst? Was haben Sie bei der Durchsuchung des Flüchtlingsheims gefunden, die ...", Schmidt hob seine Stimme ein wenig, „... wir natürlich sofort veranlasst haben? Vielleicht die eine oder andere Atombombe?"

„Nur die üblichen Habseligkeiten der Flüchtlinge und von Hemidi. Nichts Außergewöhnliches darunter. Ich schreibe den Bericht noch und leite ihn Ihnen für die Unterlagen zu."

„Bitte umgehend. Ich ziehe es vor, meine Sitzungen so zu halten, dass allen Mitgliedern der Mordkommission alle Informationen zeitnah zur Verfügung stehen."

„Selbstverständlich. Entschuldigung."

„Bis dahin – haben Sie Vorschläge, wie wir verfahren sollen?"

„Wieso, wir haben den Täter doch." Mike natürlich.

„Polizeimeister Schoper, das ist kein Vorschlag, sondern eine Behauptung, und, wenn Sie mir die Bemerkung erlauben ... " Schmidt machte eine Pause, aber selbst Mike war nicht dumm genug, ihm die Bemerkung nicht „zu erlauben", auch nicht mit einem noch so kleinen Einwurf. „... dann darf ich Sie darauf hinweisen, dass es beim Gerichtsprozess sehr darauf ankommt, dass wir keinen Fehler machen. Selbstverständlich ermitteln wir in alle Richtungen weiter."

Das Folgende war eher bemüht. Es tröpfelten ein paar Anregungen ein, wie man weiterermitteln konnte. Die Teams wurden entsprechend losgeschickt, auch wenn man ihnen die Lustlosigkeit anmerkte. Und auch Monas Vorschlag wurde gehört, für sie ein Zeichen, dass es den meisten egal war, was jetzt geschah. „Ich könnte mal bei der Fan-Initiative gegen Rassismus nachfragen", schlug sie vor. „Die sind zwar nicht immer so ganz auf der Höhe der Zeit, hängen aber logischerweise viel mit Flüchtlingen herum. Vielleicht haben die was gehört."

Im Flüchtlingsheim (3)

Als Stefan das Flüchtlingsheim betrat, hörte er einigen Lärm. Aber zum Glück war es nur Claudia, die äußerst geräuschvoll Aktenordner in die überfüllten Regale rammte und laut die

Schubladen ihres Schreibtisches und des Rollcontainers knallte.

„Guten Morgen!"

„Was soll an diesem Morgen gut sein", fauchte sie ihn an.

„Ooookay ... lass mich raten. Du hast die Sache mit Wael immer noch nicht verdaut."

„Wie sollte ich auch? Da kommen die Drecksbullen, nehmen ihn einfach mit und wollen ihm einen Mord anhängen. Wie kannst eigentlich du da ruhig bleiben?"

Er zuckte mit den Schultern. „Was soll ich schon tun?"

„Zum Beispiel ... ach, was weiß ich." Rumms. Die nächste Schublade wurde zugeschmissen. Stefan zog es vor, zu schweigen. Nach einer ganzen Weile erst wagte er wieder etwas zu sagen. „Sieh mal, die Polizei ... "

Fehler. „... ist eine beschissene, rassistische Sauband. Weisse doch selbst am besten."

„Ja, weiß ich. Aber ganz ohne Grund können die auch niemanden einbuchten. Irgendwas werden die schon in der Hand haben."

„Einen Haufen beschissener Vorurteile haben die in der Hand, sonst nichts! Und im Kopp! Wenn auch sonst nix!" Claudia lief rot an.

„Und was soll ich jetzt tun?"

„Keine Ahnung. Irgendwas. Ach Scheiße, wenn ich das wüsste, würd' ich es selbst tun."

Die nächste Stunde verbrachte Claudia damit, durch das Flüchtlingsheim zu rennen und mit ziemlichem Lärm auch dort aufzuräumen. Die wenigen Flüchtlinge, die sich tagsüber hier aufhielten, kannten „ihre" Betreuerin in dieser Laune schon und wichen ihr offensichtlich aus.

Stefan beschloss, die Gelegenheit zu nutzen und wieder ein wenig Platz auf seinem Schreibtisch zu schaffen. Beim Herumräumen fiel ihm eine der Kopien der zahlreichen

Schreiben in die Hände, eine der vielen Widersprüche, die Wilhelm unentgeltlich für die Flüchtlinge verfasste. Nachdenklich hielt Stefan das Blatt in den Händen. Sollte er ... ach, warum nicht.

Der Rechtsanwalt ging selbst an den Apparat. Offensichtlich hatte er die Nummer des Flüchtlingsheims erkannt und war der Kanzleisekretärin zuvorgekommen. „Kanzlei Schrader und Wilkes, Wilhelm Wilkes am Apparat, guten Morgen!"

„Stefan hier, grüß dich."

„Ja, guten Morgen. Was kann ich für dich tun?"

„Es geht um Wael. Kannst du mir sagen, was die von ihm wollen? Mord?"

„Stefan, du weißt doch, ich darf dir nichts erzählen." Wilhelm machte eine kurze Pause. „Außerdem habe ich gerade wenig Zeit. Komische Sache. Die Polizei hat einen Flüchtling festgesetzt und ich bin da gestern Abend noch hin. Haben ihn vernommen und er hat angeblich nach keinem Anwalt verlangt. Als ich da ankam, war die Sache schon gelaufen. Mord werfen sie dem vor. Er soll einen Fußballfan mit einem Ast erschlagen haben. In der Hand haben sie aber eigentlich nichts, außer, dass dieser Flüchtling mit dem Opfer kurz zuvor eine lautstarke Auseinandersetzung gehabt haben soll. Ziemlich dürftig, wenn du mich fragst, ich sitze da gerade an einem Schriftsatz. Jemanden deswegen mit dringendem Tatverdacht in Untersuchungshaft zu packen, ist schon ein wenig weit hergeholt.

Aber ehrlich gesagt, viel Hoffnung habe ich nicht. Vor Gericht sind zwar alle gleich, aber Flüchtlinge eben doch ein bisschen weniger gleich als andere. Werden mir sicher was von Fluchtgefahr erzählen. Ist ja schließlich schon ein Flüchtling." Er lachte humorlos auf. „Eigentlich kann ich mir die Antwort vom Gericht auch gleich selbst schreiben und denen in Rechnung stellen. Du, aber ich habe jetzt wirklich zu tun. Tut mir leid, dass ich dir nichts über Wael sagen konnte." Stefan konnte förmlich fühlen, wie der Rechtsanwalt ob seiner eigenen Pfiffigkeit am anderen Ende der Leitung grinste. „Mach's gut."

„Ja, mach's gut. Danke."

„Wofür? Ich konnte dir ja leider nicht helfen. Bis dann."

Stefan blieb etwas ratlos zurück. Nachdem er ein paar Blätter von links nach rechts gelegt hatte, was seinen Schreibtisch nicht leerte, sondern nur dazu führte, dass der rechte Stapel etwas höher und der linke etwas niedriger wurde, hörte er, wie Claudia hereinrauschte. Jetzt sollte ich eigentlich fliehen, dachte er, nur wohin? Während Claudia sich auf ihren Bürostuhl fallen ließ und sehr geräuschvoll mit einem Teelöffel ihre Teetasse traktierte, fiel sein Blick auf ein weiteres Blatt. Ach ja, das Fußballturnier für Flüchtlinge, das die Fan-Initiative gegen Rassismus organisieren wollte. Auf Wael würden sie wohl verzichten müssen. Und damit auch auf den Streit, den er sicher wieder wahlweise mit einem Gegner, einem Mitspieler oder dem ehrenamtlichen Schiedsrichter anzetteln würde.

Das Fußballturnier – danach stand Stefan jetzt am wenigsten der Sinn. Mit der Initiative musste er noch den Transport organisieren, worauf er noch weniger Lust hatte. Schließlich sollte das Turnier in deren Nähe an der Glückauf-Kampfbahn stattfinden. Das Fan-Projekt hatte das organisiert und dazu den Verein dort überzeugt. Der hieß auch Schalke, und Stefan hatte eine Weile gebraucht, um herauszufinden, dass damit nicht der große FC Schalke 04 gemeint war, sondern ein anderer Verein: Germania Schalke oder Alemannia oder, nein, jetzt fiel es ihm ein, Teutonia Schalke war dort der Hausherr.

Das Knallen einer weiteren Schublade riss ihn aus den Gedanken. „Du, ich fahr mal zu der Fan-Initiative. Wegen des Fußballturniers."

„Was anderes fällt dir jetzt nicht ein als das blöde Fußballturnier? Obwohl, na ja, ein wenig Abwechslung wird unseren
Schützlingen guttun. Von mir aus, mach halt, wennsse das
jetzt für wichtig hältst."

„Vielleicht wissen die ja auch etwas über den Mord." Das
war ihm jetzt eigentlich eher herausgerutscht, aus Trotz wohl
oder weil ihm Claudias Vorwürfe doch nahegegangen waren.

Die Art, wie Claudia mit einem einzigen Blick die ganze
Verachtung der Welt ausdrücken konnte, war wohl einzigar-
tig. „Okay, Columbo, ich halte hier die Stellung."

Jetzt war Stefan langsam angepisst. Wenigstens tue ich
etwas, dachte er. War es nicht genau das, was sie ihm gerade
vorgeworfen hatte?

Schalker Fan-Initiative (1)

Auch wenn Franz, Mike und Mona jetzt offiziell mehr als nur
„Hilfsbeamte" der Mordkommission waren, blieben sie doch
vom Polizeialltag nicht verschont. Sie waren gerade unterwegs, als ein Ruf von der Zentrale einging. Ein Fall häuslicher Gewalt – und sie waren der nächste Streifenwagen. „Wir
übernehmen das", sagte Mike ins Mikrofon. An so was hatte
er wohl irgendwie Spaß, seine Nase in die Familienangele-
genheiten anderer Leute zu stecken.

Eigentlich sollte das nicht sein, dass er nur mit einer Polizeimeisteranwärterin unterwegs war, aber Franz musste dringend zum Zahnarzt und andererseits wollten sie ja auch gar
nicht auf Streife gehen, sondern Zeugen bei der Fan-Initiative
suchen.

Das Familiendrama kam Mona verdammt bekannt vor.
Draußen zahlreiche neugierige Nachbarn, die aber mehrheit-

lich nichts unternommen hatten bis auf den einen, der die Polizei gerufen hatte. Aber auch nur wegen der Ruhestörung. Scheinbar konnte er seinen Rausch nicht ausschlafen, weil die Nachbarn so lärmten. Dass der Kerl offensichtlich seine Frau geschlagen hatte – die Spuren an den Teilen ihres Körpers, die unbedeckt waren, sprachen eine deutliche Sprache –, hatte niemanden interessiert. Vermutlich empfanden die Nachbarn das als normal, weil es so oft passierte. Mona konnte ihren Hass auf den Kerl kaum unterdrücken. Und es endete, wie es immer endete: Die Frau wollte keine Anzeige gegen den Kerl erstatten, sondern ließ sich lieber weiterhin schlagen. Falsch verstandene Liebe, Hörigkeit, was auch immer.

Mike guckte sich ungeniert in der ganzen Wohnung um, während Mona Personalien aufnahm, auch die von zwei Nachbarn. Der Rest hatte sich schnell verdrückt, als sie damit anfing. Außerdem gab es ja wohl nichts mehr zu sehen. Da waren die Dramen auf RTL2 jetzt wohl wieder interessanter als das, was sich vor ihrer Wohnungstür abspielte. Dennoch dauerte es mehr als anderthalb Stunden, bis sie die Szene häuslicher Gewalt endlich verlassen konnten. Eine heulende Frau, die jetzt jammerte, dass man ihren Mann in Frieden lassen solle, er sei doch der feinste Kerl der Welt. Der Kerl, der nicht ganz nüchtern und kurz davor war, von Mike etwas Pfefferspray in die Fresse zu bekommen – das saß bei ihm locker –, das dauerte einfach seine Zeit.

Zurück im Streifenwagen meinte Mike nur verächtlich: „Typisch Gelsenkirchener Assi-Pack." Als ob es so was in deiner verkackten ostdeutschen Heimat nicht gibt, dachte Mona. Sie behielt den Gedanken für sich. Mit Mike zu diskutieren machte einfach keinen Sinn.

Immerhin, beim Fan-Laden hatte Mona Glück: Er war tatsächlich besetzt. „Geh alleine rein", sagte Mike. „Ich glaube, von denen droht keine Gefahr. Außer vielleicht, dass du Herpes bekommst. Ich geh so lange Kippen kaufen an der Bude da hinten. Komme gleich nach." Na klar. Schlimm genug, dass sie mit dem Kerl alleine unterwegs war, er ließ sie natürlich auch gleich mal im Stich. Ihr war eigentlich nur nicht klar, ob er einfach keinen Bock hatte, weil der Täter für ihn feststand, oder ob er sie einfach gerne laufen ließ. Nach den Richtlinien war das sicher nicht, aber um die hatte Mike sich noch nie geschert. Andererseits fand sie es auch nicht schlimm, ihn ein paar Minuten los zu sein.

Beim Reingehen kam ihr ein Typ mit kurzen, dunklen Haaren und einer etwas schiefen Nase entgegen. Sie registrierte sogar die paar grauen Strähnchen in seiner Frisur eher unbewusst, geschulter Polizeiblick oder so etwas. Er hielt ihr sogar die Tür auf, nicht allerdings, ohne sie herablassend zu mustern. Der Fan-Laden war so, wie sie ihn in Erinnerung hatte: Ein paar mehr engagierte als talentierte Spät-68er, die noch nicht so ganz wahrhaben wollten, dass das dritte Jahrtausend geschlagen hat. Vielleicht hatte sie auch nur Vorurteile. Sie hatte gehört, dass einige von denen sogar richtigen Berufen nachgehen sollten. Diese linken Zecken waren nur einfach nicht ihre Welt.

Sei's drum, sagte sie. Sie war schon lange nicht mehr im Fan-Laden gewesen, aber verändert hatte sich wenig. Das ganze Interieur machte den Eindruck, als sei alles in Eigenarbeit erstellt worden. Vermutlich war die Ini auch noch stolz darauf. Andererseits, sie hatte gehört, dass die Fan-Initiative gegen Rassismus in Gelsenkirchen eigentlich immer klagte, dass sie nicht genug Geld für ihre Projekte habe. Sie stellte sich vor und zeigte ihren Dienstausweis. Schalt sich daraufhin gleich eine Närrin: Wer braucht schon einen Dienstausweis, wenn er eine Polizeiuniform trug? Ob sie deshalb die geringschätzigen Blicke einfing? Merkte man ihr ihre Unsicherheit an?

„Ach, die kleine Mona. Groß ist sie geworden. Und jetzt bei den Bull..., bei der Polizei." Irgendwie kam ihr der groß Gewachsene mit den langen Haaren bekannt vor. Lange Haare, klar. Aber bei Weitem mit mehr Spliss darin als bei dem Kerl, der ihr die Tür aufgehalten hatte. Logisch, dachte sie sich, wenn er mich kennt, werde ich ihn ja wohl auch kennen. Sie bemühte ihre Erinnerung, aber beim besten Willen konnte sie keinen Namen zu dem Gesicht finden – und noch nicht einmal das Gesicht. Sollte sie jetzt sich einfach von allen die Ausweise zeigen lassen und so unauffällig an den Namen kommen? Nein – sie verdrehte in Gedanken die Augen –, unauffällig wäre sicher anders.

„Kennen wir uns?"

„Natürlich, Mona. Robert. Wir waren zusammen im Fanclub."

Robert ... natürlich. „Robert Konrad! Natürlich. Lange ist es her."

„Ja." Er musterte ihre Uniform. „Anscheinend ist viel passiert seit damals."

„Genau. Du kannst dir denken, dass ich dienstlich hier bin. Es geht um den Mord an Karl Stancky."

„Kenne ich nicht."

„Scheiß drauf, ob sie Bul... bei der Polizei arbeitet", rief eine nicht mehr ganz junge Frau mit dunklem Haar von hinten. Straßenköterblond nannte man das im Ruhrgebiet, dachte Mona. „Kannse doch nichts für. Ist doch ein ehrbarer Beruf. Wennze Stefan dat allet erzählt hass, kannze datt auch ihr erzählen."

„Stefan?"

„Stefan Dobretzky. Ist gerade erst raus. Du hast ihn noch gesehen."

Sie notierte den Namen in Gedanken. Notizen zu machen kam ihr eher unklug vor. „Und was hast du diesem Stefan

Dobretzky erzählt?" Gut, lobte sie sich selbst. Den Namen wiederholen, da prägte sie ihn sich besser ein.

„Er hat auch Fragen nach dem Stancky gestellt. Was soll ich sagen? Wir haben nicht viel mit ihm zu tun gehabt. Klar, wenn wir mal eine Karte für auswärts haben wollten, dann haben wir uns an ihn gewandt. Früher."

„Warum jetzt nicht mehr?"

„Weil wir nicht mehr im Fanclub-Verband sind. Wir haben den korrupten Laden doch verlassen."

Mona erinnerte sich vage. Ultras, Supporters Club und nach einigem Zögern auch die Fan-Initiative hatten den Dachverband verlassen. Das war damals, als der Verein beschlossen hatte, seine Karten lieber einem halblegalen Schwarzhandelsunternehmen zu geben als den Fans. Die hätten die Tickets ja dann überteuert bei dem Unternehmen holen können, war die Logik. Das Ganze hatte gerade einmal eine Saison gehalten, da kam es auf der Jahreshauptversammlung zur Revolution. Die Mitglieder hatten die Schnauze voll davon, nur der Fanclub-Verband hatte sich auf die Seite des Vereins gestellt. Die drei aktiven Fan-Organisationen hatten daraufhin den Dachverband verlassen – und der Verein zwei Tage nach der Mitgliederversammlung den Deal aufgekündigt. In der Folge kam es noch zu einem Rechtsstreit, daran erinnerte sie sich.

„Und in letzter Zeit? Noch Kontakte zu Stancky?"

„Nein. Wir haben ja den Dachverband vom Runden Tisch ausgeschlossen."

„Runder Tisch?"

„Die aktiven Fan-Organisationen treffen sich regelmäßig. Eben jetzt ohne den Fanclub-Verband. Seitdem haben wir nicht mehr viel miteinander zu tun gehabt. Klar, man sah sich ab und zu mal bei offiziellen Treffen mit dem Verein."

„Kannst du dir vorstellen, wer ein Interesse daran hatte, Stancky umzubringen?"

„Ne. Vielleicht hatte er einfach nur eine große Klappe. Kam sich ja groß vor, so als König der Karten und Kaiser von Schalke. Aber, wie gesagt, wir haben den nicht mehr gesehen. Hat auch nach unserem Austritt groß getönt, jetzt werde er auch aus der Fan-Ini austreten. Dabei war der niemals Mitglied bei uns. Wüsste auch nicht warum, den hätten wir nicht haben wollen. Für Ausländer hatte der nie etwas übrig. Hat sich nur immer am Riemen gerissen, wenn er bei uns war, aber wir haben schon gehört, was der so erzählt hat, wenn er mal wieder blau war. Und das war er ja weiß Gott oft genug."

Sie war immer noch allein. Offensichtlich hatte Mike beschlossen, die Kippen nicht nur zu kaufen, sondern gleich durchzuziehen. Offensichtlich genüsslich alle nacheinander, so lange konnte doch kein Mensch brauchen. Nicht mal ein Halbprimat wie der. Oder er ließ sie nur gerne zappeln. Oder hatte keinen Bock zu arbeiten. Oder beides. Die Straßenköterblonde hieß Sabrina Herrdorf, 47 Jahre, Kassiererin gab sie als Beruf an. Schließlich konnte sie doch nicht gehen, ohne die Personalien der Zeugen aufzunehmen. Aber was Wesentliches beizutragen hatte sie auch nicht.

„Hooliganflittchen", hörte sie im Rausgehen, mehr durch die Zähne gepresst als gesagt und wohl nur für sie hörbar. Sie zog es vor, es ungehört sein zu lassen.

Die Ehefrau (2)

„Ein verdammter Hurenbock war er!" Stefan war dann doch überrascht, wie rasch es aus Gundula Stancky herausgebrochen war. Dabei kannte sie ihn gerade einmal fünf Minuten. Offensichtlich hatte er die richtigen Knöpfe gedrückt. Anders gesagt, Robert hatte ihm verdammt gute Infos über die „Dame" und ihren sauberen Herrn Gemahl mitgegeben. Und gleich noch ein Treffen organisiert. Gundula Stancky war wohl eine alte Förderin der Fan-Ini. Was genau es war, warum sich die Witwe überhaupt bereit erklärt hatte, sich mit ihm zu treffen, wo ihr Mann doch gerade verstorben war, das wusste er nicht. Aber anscheinend hatten Robert und die Stancky eine gemeinsame Vergangenheit. Oder ein paar Leichen im Keller – oh, der Gedanke war nun doch unangemessen. Oder sogar eine Affäre. Stefan wurde aus ihr nicht ganz schlau.

Wie auch immer, die Stancky hatte sich in einem kleinen Café in der Innenstadt, nur wenige Meter von der Emmauskirche entfernt, mit ihm getroffen. Nur ein paar Fragen nach ihrem Gatten und ihrer langen Ehe und es war aus ihr herausgebrochen.

„Der hat doch alles gevögelt, was nicht bei drei auf den Bäumen war! Wenn die Schlampen überhaupt so weit zählen konnten!" Sie knallte die Tasse auf den Unterteller, dass es schepperte. Das feine Porzellan, das gut zu den fein ziselierten Tischen und Stühlchen des auf Etepetete machenden Café passte, hielt den Schlag erstaunlich gut aus. Die drei alten Damen am Tisch auf der anderen Seite des Lokals guckten erstaunt herüber, widmeten sich aber bald wieder ihrer Käsetorte. Sonst war der Laden leer.

Die Stancky redete einfach weiter: „Wissen Sie überhaupt, was der alles gemacht, was sage ich, getrieben hat? Ja klar, auswärts ist er gefahren. Und das Hotelzimmer, das hat der Fanclub-Verband für ihn gebucht. Immer schön ein Doppelzimmer mit Doppelbett." Ihre Stimme kippte fast, als es aus ihr herausbrach: „Und ich war nie, nie, nie dabei! Aber eine Frau, oder besser, gerne mal häufig eine andere, war immer dabei!"

„War Ihr Mann denn so attraktiv?"

„Ach, von wegen. Bei mir hat der doch gar keinen mehr hochbekommen. Und er hatte ja so einen richtig schönen Spiegeleibauch." Auf seinen fragenden Blick fuhr sie fort: „Der hatte so einen fetten Bauch, der brauchte einen Spiegel, um seine Eier zu sehen!"

„Und wieso haben dann so viele Frauen ...?"

„Weil er die mit Karten gelockt hat! ‚Kommse nicht bei mich inne Kiste, kriechste keine Karte!' So einfach war das. Und weil die Weiber sich ihren Eierlikör unbedingt beim Derby auswärts reinkippen wollen, haben sie mal fein die Beine breitgemacht, während der Fettsack sich abgemüht hat! Was soll's, kann den Weibern ja egal gewesen sein. Bei dem kleinen Pimmel werden sie eh davon nichts gespürt haben. Und dafür dann mit dem ganzen Fanclub schön zum Auswärtsspiel und sich vermutlich dann zum Dank noch einmal vom ganzen Fanclub durchnehmen lassen. Ich kann mir das schon vorstellen!"

Da kam Stefan sich fast komisch vor zu fragen, ob ihr Gatte denn Feinde gehabt hätte. Er fragte dennoch.

„Vielleicht ein paar gehörnte Ehemänner!" Sie lachte bitter. „Aber nein, Feinde wohl nicht. Klar gab es auch im Fanclub immer Querelen, vor allem wegen der Karten. Er hatte oft genug geschimpft, auch über diesen Aufsichtsrat, der immer seine Nase in alles gesteckt hat." Nein, an dessen Namen erinnere sie sich nicht. „Ist aber auch nicht so wichtig. Die Kerle haben sich immer so wichtig genommen mit ihrem ganzen Fanclub-Gehabe und so. Das ging mir immer auf den Geist."

Nein, mit dem Mord habe das wohl nichts zu tun, meinte sie. „Das sind doch alles nur große Kinder. Gib einem kleinen Mann etwas Macht und er glaubt, er wäre der Größte. Mein Mann war da nicht anders. Regte sich immer zu Hause auf und war dann ganz kleinlaut, wenn es darauf ankam." Sie lachte wieder bitter. „Nur große Kinder. Zu so was wie Mord sind die doch gar nicht fähig, dazu haben die doch gar nicht die Eier!"

Nach einer Stunde, die in dem Ton so weiterging, schaffte es Stefan, sich höflich aus dem Gespräch zu verabschieden. Na, ein Motiv hatte die sicher, dachte er sich, dem Kerl einen Ast auf den Schädel zu hauen. Aber so zierlich, wie sie war, hätte er das vermutlich eher als Streicheln empfunden. Und einen Mörder anheuern? Danach sah die Stancky nicht aus. Die war eher der Typ Arsenmörderin. Aber vergiftet wurde er ja offensichtlich nicht.

Bei Mona (1)

Mona spürte, wie Jonas' Sperma langsam auf ihrem Körper trocknete. Diesmal hatte er es vorgezogen, sich auf ihr zu ergießen statt in ihr.

Vermutlich hatte er sich vorher wieder einen Porno „reingezogen", den er jetzt nachspielen wollte. Das war ihr egal, ihren Höhepunkt hatte sie vorher schon gehabt. Er konnte so zärtlich sein, ihr großer, starker Mann ... er war ins Schwitzen gekommen; die Feuchtigkeit machte dem Gel in seinen kurzen, schwarzen Haaren zu schaffen.

Jonas lag nun auf der Seite neben ihr und streichelte ihre Brust – zärtlich, aber doch zupackend. Sein Penis hing jetzt schlaff herunter. Ihre Fesseln hatte er noch nicht gelöst. Als ob er ihre Gedanken gelesen hätte, sagte er: „Du könntest ja mal Handschellen von der Arbeit mitbringen."

„Die Schals tun's doch auch", lachte sie. „Und außerdem: Wir benutzen doch keine Handschellen mehr. Sind doch Kabelbinder. Die kriegst du auch im Baumarkt."

Er strich noch ein wenig über ihren bloßen Körper. „Vielleicht sollten wir davon mal was versuchen, von diesen Dingern aus dem Baumarkt."

„Als ob wir nicht schon alles durchprobiert hätten", lachte sie. „Das und das halbe Kamasutra."

„Das was? Ist das auch so eine Sauerei?"

„Die größte von allen", neckte sie ihn. Wäre vielleicht ein schönes Weihnachtsgeschenk für ihn. Und wenn er da hineinguckte, auch für sie.

Dann sprang er auf. „Warte hier!", grinste er.

„Was bleibt mir übrig!", rief sie ihm hinterher. Kurz darauf hörte sie die Dusche rauschen. In den Geruch von Schweiß und anderen Körperflüssigkeiten mischte sich das Parfüm ihres Duschgels. In ihrer Lage konnte sie eigentlich nur die Decke anstarren. An einer Stelle blätterte die Farbe ab, bemerkte sie. Vielleicht sollte sie mal renovieren. Und das Mobiliar ändern. In den vergangenen drei Jahren hatte sich ihr Geschmack geändert. Jetzt kam ihr alles viel zu jugendlich vor. Außer einem Bett brauche ich ja anscheinend nichts. Sie lachte.

„Warum lachst du?" Er kam zurück. Sie drehte den Kopf zu ihm und warf über die Kissen einen Blick zu ihm. Er trug nichts außer einem Handtuch um seine Schultern, das ein wenig sein Tattoo verdeckte, aber ansonsten den Blick auf seinen für den Kampf trainierten Körper freiließ. Verdammt, sie liebte ihn so sehr. „Nichts." Sie kicherte.

Er setzte sich auf die Bettkante mit dem breiten Rücken zu ihr, wühlte in seiner schwarzen Sporttasche zwischen den Boxhandschuhen und seinem Mundschutz. Den hatte er allerdings nicht nur für das Training, sondern vor allem „für zwischendurch", wie er es nannte. Und er war offensichtlich noch nicht ausgepowert genug. Sie wusste, was er tat, und es dauerte auch nicht lang, bis er mit einem kleinen Schlüssel weißes Pulver aus einem gefalteten Stück Papier in seine Nase applizierte. „Du auch?", fragte er.

„Nein, du weißt doch. Wenn ich mal 'nen Bluttest abgeben muss, ist mein Job am Arsch."

„Früher warst du nicht so."

„Früher war ich auch noch nicht Bulle. Und du hast früher keine Ackersachen gemacht."

„Ich liebe dich trotzdem." Er drehte sich um, und sie sah, die Droge tat ihre Wirkung. Er war erregt, und dennoch nahm er ihr ganz langsam die blau-weißen Fesseln ab. Sie küsste seinen Mund, seine Brustwarzen ... dass die auch bei einem Mann hart werden konnten, hatte sie erst bei Jonas entdeckt. Andererseits hatte sie vor ihm auch nur wenige Freunde gehabt, und das waren eher Jungs gewesen, keine Männer wie Jonas. Eigentlich waren die auch immer zu schnell mit allem fertig gewesen, als dass sie noch groß etwas zu entdecken gehabt hätte. Wie ein Orgasmus aussah, hatte sie erst bei Jonas entdeckt. Sie saugte an seiner Brust. Lag es an ihr oder an der Droge? Egal. Er schob ihren Kopf langsam tiefer. Eindeutig, er hatte sich vorher von einem Porno inspirieren lassen. Andererseits – sie hatte auch keine Einwände.

$$* * *$$

Am nächsten Morgen lag Jonas noch nackt auf dem Bett, als sie aus der Dusche kam. Das iPad vor sich liegend, guckte er sich etwas an. Etwas Erregendes offensichtlich, denn sein Schwanz wirkte größer als ohnehin schon. Schon wieder ein Porno, dachte sie. „Scheint ja geil zu sein!", sagte sie laut.

„Stimmt", erwiderte er. „Ist echt geil. Guck mal!"

„Zwei alte Männer, die sich unterhalten? Macht dich so etwas jetzt etwa an? Ist ja eine ganz neue Seite an dir!", lachte sie.

„Ey!" Er war offensichtlich sauer. Solche Anspielungen mochte er gar nicht. Er hätte nie von sich behauptet, homophob zu sein - so ein Wort kannte er gar nicht. Er fand „die Schwuchteln" nur einfach scheiße und haute ihnen grundlos einen in die Fresse. Na ja, nicht ganz grundlos. Schließlich waren sie ja schwul. So war seine Welt. Sie versuchte, die Lage lieber wieder zu entschärfen: „Was ist das denn?"

„WDR. UEFA-Cup. Der Sieg damals. Und wie es dazu kam."

Jetzt sah sie es auch. Er tippte auf dem Pad herum, der Ton wurde lauter. Die Bauchbinde im Video verriet ihr, dass es Werner Hansch war, der sich an damals erinnerte, wie er das Spiel kommentiert hatte. Dann Szenen aus dem Spiel.

„Guck mal", rief Jonas auf, „da sind überall Bengalos im Stadion und keinen hat's gestört." Sie hörte Hansch sagen, dass Schalke eigentlich nur 10.000 Karten bekommen, aber sich locker die doppelte Anzahl nach Italien begeben und die Karten auf dem Schwarzmarkt organisiert hätte. „Mit Wohnwagen, Bussen, einige mit Fahrrädern, Motorrädern sind sie hierhin gekommen, bis zu 400 Mark sollen da bezahlt worden sein."

„Man, muss das geil gewesen sein", sagte Jonas. Seine Hand tastete nach ihren Brüsten, aber er war offensichtlich nicht ganz bei der Sache. Kein Wunder, ließ er doch sein Pad einfach nicht aus den Augen. Sie sah, wie einer den Ball in den Mailänder Strafraum flankte. Němec, verriet ihr der Kommentarton. Wilmots hält aufs Tor und der gegnerische Torwart musste fliegen, um überhaupt noch an den Ball zu kommen. Gleich danach stürmte Max wieder. „Schalke wollte das Ding echt gewinnen", rief Jonas aus, „und sie haben es ja auch gewonnen!"

Während wieder irgendwelche Menschen von dem Spiel damals erzählten, rückte er näher an sie heran. „Oh Scheiße,

Eigenrauch hat gepatzt ... puh, er hat es doch wieder gerettet. Der hat ja echt am Mann geklebt. Du weißt schon, wenn der andere aufs Klo geht, geht er hinterher und so." Sie sah, wie Němec sich den Ball zu weit vorlegte, aber Lehmann konnte den Schuss des Gegners abwehren.

„Judas", presste Jonas zwischen den Zähnen hervor. „Erst macht der das geile Tor im Derby und dann geht er zu den Arschlöchern. Genau so eine Hure wie der Neuer." Im Hintergrund hörte man deutlich den Schalker Anhang „Kämpfen, Schalke, kämpfen!" rufen, während erst Mailand stürmte und Müller im Konter zu Fall kam, was aber nach Hanschs Aussage sauber geklärt war. „Ach was, das hätte man pfeifen müssen", widersprach Jonas.

Die Halbzeitpause wurde wieder mit Erinnerungen von Schalkern an die Zeit damals überbrückt. „Guck dir mal die Schnäuzer an", lacht sie. „Wie die damals rumgelaufen sind!"

„Mmmmh", antwortete Jonas nur, denn jetzt fesselten wieder Spielszenen seine Aufmerksamkeit. Erst schießt Büskens aus der Ferne, doch der Torwart kann die Kugel noch mit den Fingerspitzen ablenken. Direkt danach kontert Mailand und zielt knapp am Schalker Tor vorbei. „Die wollten gewinnen und haben echt alles dafür getan", meinte Jonas. Als hätte er das Stichwort gegeben, sah man eine Großaufnahme von Wilmots mit einer Wunde an der Schläfe nach einem Foul. Es gab Freistoß kurz vor dem Strafraum, doch der wurde abgefälscht.

Und dann geschah es. Der Ball kam von einem Einwurf, die Situation vor dem Schalker Tor war unübersichtlich – und auf einmal war der Ball drin. So richtig konnte Mona das nicht erkennen, bis die Wiederholungen kamen. So muss es damals auch den Schalkern im Stadion ergangen sein, dachte sie. Es war Zamorano. Damit war das Ergebnis aus dem Hinspiel neutralisiert. Verlängerung die logische Folge, erläuterte ihr Hansch aus dem Lautsprecher. Mona schaltete geistig ab. Sie wusste ja, dass das Spiel im Elfmeterschießen entschieden wurde, und verfolgte die Verlängerung nicht mehr sehr intensiv. Daran änderte auch die gelb-rote Karte gegen Fresi nichts. Selbst zehn Mailänder würde Schalke nicht bezwingen können. Aber sie wusste, Jonas zu fragen, ob er vorspulen würde, wäre vergeblich. Er würde das nicht verstehen.

Sie konzentrierte sich so lange auf das warme Gefühl, das seine Haut an ihrer ihr vermittelte. Sie spürte, wie sich seine Muskeln im Takt des Spiels spannten und wieder lockerten und sog seinen Geruch ein.

Dann endlich, nach vielen Interviews, kam das Elfmeterschießen. Erster Schütze Anderbrügge, der „in der laufenden Saison zwei versiebt hat", wie Hansch erläuterte. Anderbrügge schoss scharf ins rechte Eck. 1:0! Und dann hält Lehmann den Schuss von Zamorano. Lehmann war in die linke Ecke gesprungen und das war goldrichtig.

Mona spürte, wie Jonas richtiggehend zusammenzuckte. Dann verwandelte Thon ebenfalls. Der nächste Mailänder Schütze, Djorkaeff, verwandelte, obwohl Lehmann wieder in die richtige Ecke flog, doch der Schuss war einfach zu scharf. Als nächster Martin Max. Auch er traf. Aron Winter tritt an, Lehmann fliegt ins falsche Eck – doch Winter schießt vorbei! „Wilmots muss es jetzt machen!", brüllte Jonas. Und er machte es!

Oh mein Gott, dachte sie, als Jonas sie an sich zog. Er hat davon echt einen Ständer bekommen. Nun, die Gelegenheit wollte sie nicht ungenutzt verstreichen lassen. Da kommt er wenigstens auf bessere Ideen als bei seinen Pornos. Wobei, so ein Lattentreffer ... sie kicherte. Er schob sie ein wenig von sich, guckte irritiert in ihr Gesicht. „Was ist?"

„Nichts", versetzte sie, „mach ihn rein!"

Mona ermittelt (1)

Die Sitzung der Mordkommission am nächsten Morgen war schnell vorbei. Alle hatten ihre Ergebnisse vorgetragen, die aber eigentlich keine waren. Alle möglichen Spuren verliefen im Sande. Nach quälenden zwei Stunden war es Zeit für Mona, ihre ganzen Notizen und Dinge, die sie sich nur gemerkt hatte, zu ordnen und vor allem, in den Computer zu tippen. Bei der Gelegenheit überprüfte sie auch gleich mal die Zeugen, die sie bisher so vernommen hatte.

Konrad, Robert, geboren am 11. Mai 1967, von Beruf Tischler. Die offizielle Polizeidatenbank gab keine Vorstrafen her, aber zum Glück gab es ja noch die kleine, „private" Datei, die die Polizei Gelsenkirchen pflegte. Sieh mal einer an, dachte Mona, da haben wir ja ein paar nette Einträge. Alle wegen Körperverletzung. Und alle zu lange her, um in der offiziellen Datenbank noch aufzutauchen. Körperverletzung ... Hätte sie ihm gar nicht zugetraut. Offensichtlich hatte er sich in jungen Jahren häufiger mal mit Nazis geprügelt. Und war dumm genug gewesen, sich erwischen zu lassen.

Herrdorf, Sabina, geboren am 17. Januar 1970, keine Angabe zu einem Beruf. Konnte aber auch daran liegen, dass die Daten aus der Privatdatei eindeutig schon älter waren. Mona fügte ein „Kassiererin" hinzu. Ein paar Einträge wegen Verstoßes gegen das Betäubungsmittelgesetz und eine Geldbuße wegen einer Schlägerei mit einer anderen Frau, das war alles, was Mona gefunden hatte.

Mona wollte ihre Notizen schon an die Seite legen, da fiel ihr ein, da war ja noch der Kerl gewesen, der ihr entgegengekommen war und so ein auffälliges Interesse an dem Mord hatte. *Dobrezki* ... sie versuchte alle möglichen Schreibweisen, bekam aber keinen Treffer. Dann mache ich eben mal wirklich moderne Polizeiarbeit, dachte sie. Google machte ja zum Glück immer Vorschläge. Ah, das musste er sein. Stefan Dobretzky also. Das Bild auf Google passte, da wirkte er aber noch ein wenig jünger. In den polizeilichen Datenbanken Fehlanzeige, aber Google wies ein paar ältere Online-Artikel der örtlichen Zeitungen aus. Ach so, dachte sie, das passt. Der arbeitete offensichtlich im Flüchtlingsheim, in dem der mutmaßliche Täter wohnte.

Eine halbe Stunde quälte sie sich damit ab, ihre wenigen Erkenntnis in die verquasten Sätze des Polizeijargons zu pressen, als Franz hereinkam. „Ach, hier bist du." Sein Gesicht wirkte noch leicht geschwollen, aber seine Aussprache war schon wieder deutlich. Offensichtlich hatte die Betäubung in seinem Kiefer bereits nachgelassen, wenn er denn eine bekommen hatte. So gequält, wie er guckte, war sie wohl nicht sehr stark gewesen.

„Hi! Was machen die Zähne?"

„Ach, alles okay. Die Füllung sitzt wieder dort, wo sie hingehört. Keine große Sache. Was schreibst du denn da gerade?"

„Den Bericht über unsere Vernehmung."

„Kann ich mal sehen?"

„Klar."

Er guckte auf den Monitor. „Du hast da noch einen Tippfehler. ‚Verehnmung' statt ‚Vernehmung'. Sonst super. Du hast ein Händchen dafür."

Das Gefühl hatte Mona gerade nicht, wenn sie daran dachte, wie viel Mühe sie das gekostet hatte. „Da ist noch etwas offen", versetzte sie. „Ich bin da auf etwas Komisches gestoßen."

Franz zog fragend eine seiner buschigen Augenbrauen hoch.

„Ich war doch im Fan-Laden. Als ich da reingegangen bin, bin ich fast mit einem Mann zusammengestoßen." Sie guckte auf den Bildschirm. „Stefan Dobretzky."

„Und? Ein Fast-Zusammenstoß ist kein Verbrechen. Oder denkst du, er hat dich absichtlich angerempelt?"

„Nein, das sicher nicht. Um genau zu sein, er hat mich auch gar nicht angerempelt, sondern mir sogar die Tür aufgehalten."

„Auch das macht ihn jetzt nicht besonders verdächtig."

„Ja, aber er arbeitet in dem Flüchtlingsheim, in dem auch unser Tatverdächtiger untergekommen ist. Als Sozialarbeiter."

„Und?"

„Findest du das nicht komisch? Ich befrage die Leute im Fan-Laden – und direkt kommt mir einer aus dieser Unterkunft entgegen. Also ich finde das seltsam."

Franz blieb freundlich wie immer. „Ich würde das unter Zufall abhaken."

„Ich weiß nicht ... Ich würde ihn gerne befragen wollen."

„Er ist noch nicht befragt worden?"

„Nein, das ist auch komisch. Ich meine, wenn er schon dort arbeitet, hätten unsere Kollegen ihn doch auch als Zeugen befragen können, oder?"

„Ja, wäre wohl besser gewesen."

„Ich finde, wir sollten ihn befragen."

„Wenn du meinst ... wird wohl nichts bei herauskommen, aber es kann ja auch nicht schaden."

Im Flüchtlingsheim (4)

„Karten, Karten, Karten! Es dreht sich immer alles nur um Karten!"

Claudia sah überrascht auf. Zum einen, weil sie von Stefan solche Gefühlsausbrüche nicht gewohnt war, zum anderen, weil sie einfach nicht verstand, wovon er sprach. „Wie bitte?"

„Egal, bei wem ich bin, es geht um Karten. Robert erzählt mir, der Stancky hätte sich überall aufgespielt, weil nur er die Karten hatte. Hätte Leute sogar damit erpresst, dass sie bei Schalke so abstimmen, wie ihm das passte. Und wenn sie sich nicht so verhalten hätten, wie er wollte, dann hätte er ihnen einfach das Kartenkontingent gestrichen. Keine Ahnung, wie viele Feinde er sich so gemacht hat. Und dann seine Frau. Auch da ging es immer nur um Karten! Die meinte, der hätte sich sonst welche Flittchen ins Bett geholt. Und womit hat der Kerl sie in die Kiste gelockt? Mit Karten! Ohne ihn kommt keiner zum Derby, soll er gesagt haben. Und wer die Beine nicht breit machte, der guckte eben in die Röhre. Also, in die vom TV.“

„Ja, dann hast du doch ein Motiv.“

„Super, ich habe ein Motiv. Und ein paar Zehntausend Schalker, die als Täter in Frage kommen. So komme ich nicht weiter. Was zur Hölle ist eigentlich an diesen verfickten Karten dran, dass die Leute alles dafür tun?“

„Weißt du, was dein Problem ist?“ Claudias herablassende Art konnte Stefan manchmal doch noch reizen, obwohl die beiden schon so viele Jahre zusammenarbeiteten.

„Da bin ich aber neugierig.“

„Du hast keine Ahnung von Schalke.“

„Was soll man da für Ahnung haben?“

„Wie die auf Schalke ticken. Mit Fußball hasse ja nichts am Hut.“

„Warum sollte ich? Ich weiß, dass man in dieser Stadt weder Auto noch Bahn fahren kann, wenn Schalke spielt. Mehr muss ich eigentlich nicht wissen.“

„Und trotzdem willst du einen Mord unter Schalkern mal eben auf eigene Faust aufklären, ohne jemals im Stadion gewesen zu sein.“

Sein kurzes Zögern verriet Claudia, dass sie ins Schwarze getroffen hatte. „Aha. Jetzt denkste zumindest darüber nach.“

„Ja, aber woher soll ich eine Eintrittskarte bekommen?"
Stefan sah ihr Grinsen und wusste: Sie war ihm wieder mal
einen Schritt voraus. Tatsächlich zog sie etwas aus der Tasche, was nur eine Eintrittskarte sein konnte. „Nordkurve ...
oh Mann, guck nicht so. Nordkurve ist da, wo die ganz harten
Fans stehen. Ultras und so. Da hast du jetzt eine Karte."

„Wann ist das?"

Sie lachte. „Heute Abend, 21.05 Uhr. Europapokal." Als
sie seinen dummen Blick sah, setzte Claudia an: „Ich glaube,
ich muss dir noch einiges erklären ... "

* * *

Claudias Grundkurs „So verhält man sich richtig im Stadion"
dauerte eine Weile und Stefan schüttelte mehrfach ungläubig
den Kopf, von Claudia jedes Mal mit einem „Doch, isso!"
quittiert. Jetzt war er dabei, die Bahnverbindung zum Stadion
herauszusuchen. Claudia hatte ihn gewarnt, dass es nach
einem Spiel locker eine Stunde dauern konnte, bis man vom
Parkplatz kam.

„Die 302 Richtung Buer, Haltestelle ‚Arena'", sagte sie. „Eigentlich ganz einfach. Außerdem steigen da eh alle aus. Okay,
ein paar schon vorher, weil die inne Kneipe am Parkplatz wollen. Aber wo alles rausdrängt, da isses." Offensichtlich hatte
sie wieder mal mit ihren Adleraugen auf seinen Monitor ge-
schielt. Wie oft hatte er schon daran gedacht, seinen Schreibtisch anders zu stellen und es dann doch vergessen.

Sie ergänzte: „Lauf einfach von dir zur Haltestelle Musik-
theater, da hasses nicht weit. Kommsse nach dem Spiel auch
wieder gut weg, es fahren", die Türglocke unterbrach sie kurz,
„Einsatzbahnen", vollendete sie im Rausgehen den Satz.

„Schon wieder?", war das Nächste, was Stefan von ihr
hörte. „Haben Sie sich in der Tür geirrt? Ihre Kollegen waren

doch schon ein paar Mal hier. Oder ist das hier das neue Kriminalhauptkommissariat und ich habe das nur nicht mitbekommen? Dann kann ich Ihnen sagen, wir haben hier keine Kantine – und Doughnuts gibt es bei uns auch nicht."

Eine ruhige Stimme antwortete ihr. „Guten Tag, Kommissar Drexler mein Name und ... "

„Ihr Vorname ist Kommissar? So, so. Dass das das Einwohneramt hat durchgehen lassen."

Der Polizist ließ sich nicht aus der Ruhe bringen. „Das ist Polizeimeister Schoper und die hier Polizeimeisteranwärterin Horstkötter. Wir würden gerne mit Herrn Dobretzky sprechen."

„Ich glaube, der ist gar nicht da. Habe ihn schon seit Stunden nicht gesehen."

„Mit mir?" Stefan war in den Flur geeilt.

„Ach, da ist er ja. Hab dich gar nicht kommen sehen." Wieder einmal einer dieser Blicke von Claudia, die definitiv als Tatwerkzeug bei einem Mord herhalten könnten. Doofer Gedanke, schalt er sich selbst, schließlich war gerade ein Mord passiert und einer seiner Schützlinge stand unter „dringendem Tatverdacht".

„Sie sind also Stefan Dobretzy, schließe ich daraus. Wenn Sie ein paar Minuten für uns Zeit hätten ..."

„Ja ... ja, natürlich. Gerne. Kommen Sie rein." Er führte die drei ins Büro, gefolgt von Claudia, die sich ganz selbstverständlich und recht leise auf ihren Bürostuhl drapierte. Allerdings nicht unauffällig genug, was bei ihrem lila-rosa-Outfit mit indischem Anklang auch relativ schwierig war. „Sie nicht." Dieser Schoper.

„Wenn Sie uns vielleicht ein paar Minuten allein lassen könnten?" Das musste man Drexler lassen. Er war höflich und zuvorkommend. Vielleicht stieß Claudia ihr eigentlich unvermeidliches „Ich gehe mal gucken, ob ich ein paar Doughnuts oder noch ein paar Verdächtige finde" deshalb vergleichsweise leise aus. Leise genug auf jeden Fall, dass die drei so tun konnten, als hätten sie es nicht gehört. Die Tür schloss sie allerdings nicht, das musste die junge, drahtige Blonde übernehmen. Claudia war damit auf jeden Fall die Möglichkeit genommen, vom Flur aus mitzuhören. Ihm war klar, genau das hatte sie vorgehabt.

„Wir ermitteln wegen des Tötungsdelikts zum Nachteil Karl Stanckys", hob Drexler an.

„Kann ich mir denken."

„Ach?" Das war dieser Schoper. Unfreundlicher Ton. Überhaupt, der Kerl war ihm auf den ersten Blick unsympathisch. Und auf den zweiten, fiel ihm ein. Und das lag nicht nur an seinem bulligen Äußeren und den Haaren, die für Stefans Meinung entschieden zu kurz geschoren waren – damit hätte er auf jeder Nazidemo durchgehen können, und zwar nicht in der Polizeikette. Wobei da die Unterschiede auch nicht so groß waren, dachte Stefan. „Wir sind uns doch schon begegnet", sagte Stefan. Auf dessen erstaunten Blick hin fuhr er fort: „Sie haben mich vor drei Tagen doch erst fortgejagt." Kein Verstehen in Schopers Augen. „Ich war auf dem Weg hierhin, als sie die Straße gesperrt hatten."

„Ach das. Kann sein."

Die Befragung zog sich quälend langsam hin. Ob er etwas vom Mord mitbekommen habe. „Natürlich, ich bin doch am Morgen vorbeigekommen, als Sie den Tatort untersucht haben." Nein, am Abend zuvor. „Nein, ich bin schon nachmittags nach Hause gegangen. Da war nichts Besonderes." Ob er das Mordopfer kenne. „Nein." Was er ihnen über Wael Hemidi sagen könne. „Ein Flüchtling halt. Aus Syrien, vor dem Krieg geflohen. Hatte die Opposition unterstützt und war nur knapp einer Verhaftung entkommen, weil er sich durch das Toilettenfenster gezwängt hatte, als Uniformierte seine Wohnung gestürmt haben. Hat darum jetzt Asyl beantragt.

Aber der Antrag liegt noch beim BAMF, irgendwo unter den anderen Papieren, die über Leben und Tod eines Menschen entscheiden und nicht eben eilig bearbeitet werden."

Beim Wort „Asyl" hatte Schoper geschnaubt, „Asyl, klar. Wirtschaftsflüchtling natürlich." Stefan hatte es vorgezogen, nicht weiter darauf einzugehen. Nein, ob Wael an dem Abend das Flüchtlingsheim verlassen habe, könne er nicht sagen. Ob der Herr Hemidi gewalttätig sei. „Na ja ... ", Stefan zögerte mit seiner Antwort, „eigentlich nicht." Eigentlich? „Wir leben hier auf engsten Raum. Die Familie musste zurückbleiben, Männer im Grunde unter sich, verschiedene Religionen, verschiedene Herkunft, nichts zu tun, weil sie nicht arbeiten dürfen, frei erhältlicher Alkohol – da kommt es immer zu Spannungen. Nichts Gravierendes."

Ob eine Messerattacke nichts Gravierendes sei, hatten die Beamten ihn gefragt. Er hatte ihnen erklärt, was er von Claudia gehört hatte. Und so weiter. Als Stefan auf die Wanduhr blickte, stellt er allerdings fest, dass keine Stunden, sondern gerade einmal zwanzig Minuten vergangen waren. Drexler und dieser Schoper machten schon Anstalten aufzustehen, als die junge Polizistin sagte: „Eine Frage noch."

Die beiden Männer verharrten in der Bewegung, setzten sich dann wieder hin. Die Polizeischülerin, wie Stefan sie nannte, fragte: „Was haben Sie gestern bei der Fan-Initiative gemacht?"

Jetzt dämmerte es Stefan, als er sich die Anwärterin genauer ansah. Das war doch die andere am Tatort, die Blasse. Und sie war ihm entgegengekommen, als er den Fan-Laden verlassen hatte. Mit gesunder Gesichtsfarbe hat er sie zunächst nicht erkannt. Offensichtlich währte die Pause zu lange, denn Schoper blaffte: „Beantworten Sie die Frage!"

Stefan war verdutzt. „Was bitte hat die Frage mit dem Mord zu tun?"

„Alles kann wichtig sein." Mona schalt sich eine Närrin. Offensichtlich guckte sie zu viel Tatort und das war sicher eine Phrase, zu der Drehbuchschreiber immer griffen, wenn ihnen gerade kein Dialog einfiel.

„Ich weiß zwar nicht, warum Sie das wissen wollen und was das mit dem Mord zu tun hat, aber ich kann Ihnen das gerne beantworten: Wir veranstalten zusammen mit der Ini ein Fußballturnier für Flüchtlinge und ich hatte noch ein paar Fragen zu klären."

Mona war nicht überzeugt, und Stefan sah ihr genau das an. Doch sie ließ es dabei bewenden. Was sollte sie auch sonst tun. Plötzlich fiel ihr etwas ein: „Sind Sie Schalke-Fan?"

„Äh, nein. Kann ich nichts mit anfangen." Mona fand, dass Stefan ehrlich wirkte. Umso mehr fragte sie sich, was er dann im Fußballumfeld zu suchen hatte, wenn er nicht ... ihr dämmerte es. Der ermittelte auf eigene Faust!

Im Stadion

Ein wenig unwohl fühlte sich Stefan schon, das erste Mal im Stadion unter den ganzen Fußballfans. Obwohl ihn Claudia so gründlich gebrieft hatte, wusste er nicht ganz genau, was ihn erwartete. Sein Gras hatte er zu Hause gelassen, trug außer einem Feuerzeug nichts in den Taschen, was als Waffe hätte durchgehen können. Und doch war er nicht perfekt vorbereitet.

Das Befummeln am Einlass war gar nicht so schlimm wie erwartet: Der Ordner packte gar nicht richtig zu. Wer befummelt schon einen ganzen Abend lang fremde Männer, wenn er dafür gerade einmal den Mindestlohn bekommt, dachte

sich Stefan. Wenn überhaupt den Mindestlohn. Auf jeden Fall
sah der Bengel, der die Kontrollen machte, so aus, als wäre
er gerade mit seinem Hauptschulabschluss beschäftigt, we-
sentlich älter konnte der nicht sein. Und der soll hier für Ordnung und Sicherheit sorgen, dachte Stefan. Doch er hatte sich
zu früh gefreut.

„Die Kette.“

„Bitte?“

„Die Kette an Ihrer Geldbörse. Die geht nicht.“

„Wieso das denn nicht?“

„Die könnte zur Waffe werden. Die müssen Sie abgeben.“
Auf Stefans fragenden Blick nickte er nach rechts. „Da drüben.
Können Sie abgeben, bekommen Sie nach dem Spiel hier wieder.“ Gehorsam machte sich Stefan auf den Weg, als er seinen
Namen rufen hörte. Er guckte sich um, während eine Ordnerin,
die wohl die Chefin von dem Kompetenzteam Einlasskontrolle
war, sichtlich unruhig wurde, weil er nicht schnurstracks zur
Abgabestelle ging. Erneut: „Stefan!“ Ein weiterer Ordner, der
nicht damit beschäftigt war, anderen Menschen an die Wäsche
zu gehen, kam auf ihn zu. Stefan erkannte ihn sofort. „Safid,
Mensch! Du arbeitest hier?“

„Klar. Was ist denn los, was wollte der Junge von dir?“

„Ich soll die Kette hier abgeben.“

„Die kleine da? Der hat bei der Einweisung wohl von seiner Freundin geträumt. Kannst durch. Betty, ist schon okay“,
sagte er, zu der Chefordnerin gewandt. Die zuckte mit den
Schultern und sah weiter den anderen bei der Arbeit zu. Oder
beaufsichtigte sie.

„Arbeitest du immer noch im Flüchtlingsheim?“

„Ja klar, was sonst. Ich meine, jetzt wird es langsam besser, aber du weißt ja, was für einen Andrang wir damals plötzlich hatten. Und du, was machst du so? Ich habe ja ewig
nichts von dir gehört.“

„Ich bin jetzt Geselle bei dem Schreiner, wo du mir die Lehrstelle vermittelt hast. Hömma, nochmal danke dafür. Das war echt der Punkt, von dem an mein Leben gut geworden ist. Ich hab' geheiratet und werde jetzt auch Vater."

„Wow, Glückwunsch!"

„Ja, danke. Du, ich kann hier nicht weiterquatschen, ich muss ja noch arbeiten. Du kannst dir ja denken, dass ich jetzt dazuverdienen muss. Hatice ist hochschwanger, das Kind kann jeden Moment kommen und ehrlich gesagt, wir haben gerade mal die Hälfte von der Baby-Einrichtung. Also, viel Spaß, mach es gut!"

* * *

Stefan war, wie angewiesen, recht früh im Stadion angekommen. Die Nordkurve war noch relativ leer, wie er sah, nachdem er sich artig durch den Eingang N2 in den Block begeben hatte, nicht, ohne noch rasch seine Blase zu leeren. „Wenn die Kurve voll ist, hast du dazu keine Gelegenheit. Außerdem kommst du nie wieder in N4 rein, wenn du dafür keine Karte hast, sondern musst dich dann wieder durch den halben Block schlagen, um zurückzukommen", hatte Claudia ihm erklärt. Er war darum lieber noch eine halbe Stunde früher gekommen.

Der Anblick des leeren Stadions verschlug ihm fast den Atem. Klar, von außen hatte es groß ausgesehen, aber wenn man hineinkam und hinüber zur anderen Seite gucken konnte, die dem Gehirn überhaupt erst erlaubte, eine Perspektive und damit eine Vorstellung von der Größe zu bekommen, erfasste er erst, wie groß dieses Stadion war. *„It's bigger on the inside"*, kam ihm in den Sinn und er konnte sich ein Lachen nicht verkneifen.

Dann machte er sich auf den Weg durch einen fast leeren Block rüber nach N4. Die Ordner störten sich überhaupt nicht daran, dass da einer quer durch die halbe Kurve lief, obwohl er offensichtlich durch einen anderen Eingang gekommen war. Wozu stehen die dann eigentlich hier rum, fragte er sich, wenn doch jeder macht, was er will.

„Wenn du von oben guckst, einfach hinter dem Tor", hatte Claudia gesagt. Wie angewiesen hatte er sich so ungefähr auf zwei Dritteln Höhe platziert. Den Einwand, das sei dann doch gar nicht sein Platz, hatte Claudia rasch fortgewischt. „Da steht fast niemand auf seinem Platz." Steht, hatte er gefragt, auf der Karte stünde doch Sitzplatz? „Das schert keinen", hatte sie gelacht. „Während des Spiels stehen alle. Das ist die Nordkurve, da wird immer gestanden. International ist eine Ausnahme, die keiner zur Kenntnis nimmt." Und niemand würde darauf achten, ob das sein Platz wäre oder nicht. „Das machen nur Neulinge, die zum ersten Mal ins Stadion gehen. Falls so einer kommt, gehsse einfach vier Sitze nach links oder rechts oder eine Reihe runter. Da besteht eine hohe Wahrscheinlichkeit, dass dich keiner stört."

Ein paar Neulinge – so wie ich, dachte er – waren aber wohl doch dabei. Als das Stadion sich füllte, konnte er ein paar Diskussionen aus der Ferne beobachten, die offensichtlich genau darum gingen, dass Leute „auf ihren" Platz wollten. Irgendwann zogen dann die Sitzplatzbesetzer einfach ein paar Plätze nach links oder rechts oder eine Reihe höher oder tiefer. Sieh mal an, dachte er, die Claudia kennt sich hier gut aus. Dabei hält sie angeblich von Fußball nichts. Muss sie mal fragen, woher sie das alles weiß.

Stefan blätterte lustlos in dem Stadionblättchen. „Schalker Kreisel", dachte er, „was hat ein Kreisel mit Fußball zu tun?" Ihm sagte das gar nichts. Viel Werbung, gehaltfreie Spielerinterviews und überall Lobpreisungen auf die neuesten Produkte aus dem Fanshop. Fußball ist Kommerz, hatte er gehört. Er begann, das zu verstehen. Stefan fragte sich, ob sich die Fans wirklich dafür interessierten, woher die Spieler ihre Narben hatten. Bisschen martialisch, fand er. Es lebe der Männersport. Das Ding war schnell gelesen und jetzt blieben ihm noch anderthalb Stunden bis zum Anpfiff. Jetzt bereute er es fast, dass er für Handy-Spielchen nichts übrig hatte. Er ließ die Blicke über die Ränge schweifen, die zahllosen UEFA-Banner rund um die Arena, und guckte auf den Videowürfel, auf dem sich nichts bewegte als der Countdown zum Spiel. Und zwei Logos leuchteten. Das eine war das von Schalke, das kannte selbst Stefan. Das andere sagte ihm nichts. Er guckte auf seine Karte. Der Name des Gegners sagte ihm nichts. Klang irgendwie nach Südeuropa. Dann war das wohl deren Logo.

Langsam, ganz langsam füllte sich das Stadion und Stefan war versucht, sich aus Langeweile eine Bratwurst zu holen. Das Stadion war so leer, da konnte er sicher wieder auf seinen Platz. Dann fiel ihm Claudias Warnung ein: „Ganz ehrlich, lass das mit der Bratwurst. Viel zu teuer und, unter uns gesagt, wenn du den überzeugtesten Fleischfresser zum Veganer machen möchtest, ist das Ding sicher ein probates Mittel." Okay, Claudia war in Sachen Essen immer pingelig, da wollte er nichts drauf geben. Andererseits hatte er zu Abend gegessen und keinen Hunger. Und nur um der Langeweile willen ... er strich über seinen Bauch, der noch recht flach war und es bleiben sollte. Schließlich war er auch nicht mehr der Jüngste und mit Sport hatte er es nicht so. Er rieb sich über die Brust und spürte die Stoppeln seiner immer noch nicht abrasierten Brusthaare durch das T-Shirt spießen. Ach richtig, da war was. Muss die Langeweile sein, dass ich mir jetzt über so etwas Gedanken mache. Er hob den „Schalker Kreisel" vom Boden auf und las erneut. Leider hatte kein gnädiger Gott mittlerweile einen interessanten Artikel hineingeschrieben.

Auf einmal weckte ihn ein lauter Fanfarenschlag aus der Lethargie, in die er mittlerweile verfallen war. Dass es noch eine Stunde bis zum Anpfiff sei, verkündete eine Stimme aus dem Lautsprecher. Auf dem Videowürfel begannen jetzt Werbebotschaften zu flimmern, dann ein Interview von irgendwem mit irgendwem, der den meisten Anwesenden wohl bekannt gewesen sein dürfte. Stefan hatte keine Ahnung, wer das sein sollte. Offensichtlich ein Ex-Spieler. Noch mehr Werbung. Fußball musste wohl wirklich Kommerz sein, befand er.

Dann wurde es hinter ihm unruhig. Ein ganzer Tross junger Menschen, wohl um die hundert Personen, zog ein. Sie hatten Tücher und Kabelrohre dabei und jetzt verstand er, was Claudia gemeint hatte, als sie sagte: „Du erkennst die Ultras, wenn du sie siehst." Die jungen Leute drängten in den Block, kletterten über die Stuhlreihen und positionierten sich im Halbkreis um das Podest vor der Nordkurve. Offensichtlich wusste jeder genau, was er zu tun hatte: Die einen zogen die Tücher auf die Stangen und machten so Fahnen daraus, andere wickelten Stoffpakete aus, die sich auch als Fahnen entpuppten, wenn auch kleinformatiger. Andere verteilten Lautsprecher auf die Stangen vor dem Block, die wohl eigens dafür montiert waren. Ist aber nett vom Verein, dachte Stefan. Er hatte sich schon gefragt, wofür die wohl gut seien. Auch ein paar Trommeln wurden vorne an der Mauer festgezurrt.

Nachdem diese Arbeiten erledigt waren, setzten sie sich hin und unterhielten sich. Ihm fiel auf, dass sie im Unterschied zu den meisten Fans, die nun allmählich in die Kurve zu tröpfeln begannen, keine Bierbecher in der Hand hatten. Stefan hatte Glück: Niemand beanspruchte „seinen" Platz für sich. Auf dem Videowürfel ein weiteres Interview. Der Stadionsprecher befragte einen jungen Mann, offensichtlich ein Spieler aus der Jugend, nach dem letzten Sieg, der wohl irgendwie entscheidend gewesen sein muss, um in irgendeinem Wettbewerb das Halbfinale erreicht zu haben. Stefan fiel auf, dass fast niemand in seiner Umgebung auf den Videowürfel sah. Die Jugend schien die meisten nicht zu interessieren. Komisch, dachte er, dabei ist das doch ihr Verein?

Auch auf dem Platz geschah etwas. Sechs Männer gingen über den Rasen, zwei zerrten an den Toren herum und überprüften offensichtlich, ob mit denen alles in Ordnung ist. Vor allem von den Ultras unten ernteten sie Pfiffe. Direkt hinter ihnen kamen noch ein paar Leute, zwei davon offensichtlich Torhüter. Zwei, dachte Stefan, ach, klar. Einer ist Ersatzspieler. Ihm wurde schmerzlich bewusst, dass er von Fußball wirklich keine Ahnung hatte. Von den Ultras wurden sie mit Beifall begrüßt. Fast alle waren aufgestanden. Plötzlich ertönten die Trommeln und wie auf Kommando riefen alle: „Schalke! Schalke!"

Dann kehrte wieder Ruhe ein. Die Torhüter machten sich warm, plötzlich kamen andere Akteure mit ähnlichem Outfit. Offensichtlich die gegnerischen Torhüter, denn sie wurden mit Pfiffen bedacht.

Und schon kamen die übrigen Schalker Spieler, liefen zur Nordkurve, bedachten die Fans mit Beifall und fingen an, sich warmzumachen, während die Ultras den Beifall zurückgaben und in ein „Kämpfen und siegen!" ausbrachen. Okay, die wissen jetzt, was sie tun sollen, dachte Stefan. Dann kamen unter Pfiffen die gegnerischen Spieler und machten sich auf der anderen Seite des Stadions ebenfalls warm. So langsam wurde es interessant, dachte Stefan, der das Warten auf den Anpfiff wirklich leid war. Die Ultras hingegen setzen sich wieder. So sie konnten, denn Stefan sah, dass die Reihen eng waren. Da waren doppelt so viele Menschen, wie eigentlich Plätze vorhanden waren. Die Ultras schien es nicht zu stören, sie pflanzten sich auch rücklings auf die Lehnen der Stühle.

Zwanzig Minuten vor Anpfiff ging es weiter. Das Podium leerte sich bis auf drei junge Männer. Die drei sahen so aus, als würden sie viel Zeit im Fitnessstudio verbringen. Der eine schlug die Trommel und gab damit offensichtlich den Takt vor, während die beiden anderen zu Mikrofon und Megafon griffen und dem Rest der Kurve sagten, was die zu singen hatte. Die folgte brav. Stefan konnte die Ansagen von oben kaum verstehen, aber die Ultras verstanden das wohl besser, denn sie stimmten in den Gesang ein.

Die Spieler verließen nun wieder den Platz, während der Stadionsprecher erst die Aufstellung des Gegners vorlas. Nach jedem Vornamen brüllten die Leute um ihn herum „Arschloch", sodass Stefan den Nachnamen des Fußballers lieber der Anzeigentafel entnahm. Doch die sagten ihm alle nichts. Dann folgte die Aufstellung von Schalke. Auch hier wurde nach jedem Vornamen gebrüllt, diesmal aber der richtige Spielername. Den einen oder anderen hatte Stefan immerhin schon gehört. Gelsenkirchen war doch nicht ganz spurlos an ihm vorübergegangen.

Auf dem Videowürfel kam die Botschaft „*Respect*" und dass die UEFA keinen Rassismus dulde. Das freute Stefan wirklich, wobei er sich fragte, ob das wirklich so ganz ernst gemeint war. Er hatte das ein oder andere über Rassismus gehört, vor allem im italienischen Fußball. Da schien es die UEFA nicht zu stören, wenn sich Fans danebenbenahmen. Oder die Spieler den Faschistengruß zeigten. Aber schließlich war ja heute das Fernsehen zu Gast. Das Spiel würde im Free-TV übertragen, hatte Claudia ihm erzählt. Falls er es sich programmieren wollte. Er hatte nicht gewollt.

Ein Rudel Helfer hob das runde Tuch auf, das mitten auf dem Platz gelegen hatte, wedelte ein wenig darum herum, während eine Hymne ertönte. Die Mannschaften kamen herein; jeder Spieler hatte ein Kind an der Hand. Nach einem kurzen Foto und Winken in die Runde flanierten die einen an den anderen vorbei und gaben sich die Hand. „Und gleich werden die sich auf dem Platz gegenseitig von hinten in die Beine fahren", dachte Stefan. Irgendwie verlogen.

Das Spiel selbst beeindruckte Stefan nicht besonders. Ich verstehe halt nichts von Fußball und werde es wohl auch nie verstehen, dachte er. Es schien aber auch nicht gut zu sein. Die Fans um ihn herum schimpften und fluchten über das schlechte Spiel und unmotivierte „Millionäre".

Interessanter war da schon, was sich direkt unter ihm abspielte. Die beiden jungen Männer mit Mikrofon und Megafon gaben sich alle Mühe, die Fans anzufeuern, aber anscheinend sprang der Funke nicht so recht über. Gelegentliche Appelle nutzten nichts und er sah, wie die beiden langsam richtig verärgert waren. Und dann fiel ein Tor gegen Schalke. Ein Schalker hatte den Ball verloren, was die anderen Spieler direkt ausgenutzt hatten und förmlich auf das Schalker Tor losstürmten. Ein Spieler auf den nächsten, der direkt weiter und dann war der Ball schon direkt vor dem Tor. Noch fix den Ball einem Mitspieler vorgelegt und der versenkte den Ball mit der Hacke im Netz. Direkt nachdem der Stadionsprecher es durchsagte – dabei hatten es doch alle gesehen, dachte Stefan – ging es aber unten erst recht los. Keine Zeit für Trauer, dachte Stefan, und die Wortfetzen, die von den Lautsprechern der Ultras zu ihm hochdrangen, verkündeten, dass man „jetzt erst recht" die Mannschaft anfeuern müsse, denn es gehe „um alles".

Dann war Pause. Um Stefan herum war reichlich Bewegung, fast alle gingen wohl Bier holen oder welches wegbringen. Nur die Ultras unten nicht. Die aber forderten, als die Mannschaften schon wieder auf den Platz trotteten, „jetzt alles zu geben", denn „die Mannschaft braucht uns jetzt". Aber die Mannschaft war wohl eher von allen guten Geistern verlassen, dachte sich Stefan, während er desinteressiert weiter auf den Platz guckte. Der gegnerische Torwart drosch den Ball nach vorne, ein langer Schalker kam nicht ran – sah irgendwie schon ziemlich peinlich aus, dachte Stefan – und schon konnte einer der Gegner den Ball erneut versenken. Mit dem zweiten Tor gegen Schalke war die Luft raus, auch wenn die beiden auf dem Podest sich redlich bemühten. Irgendwann rissen sie sich sogar die T-Shirts vom Leib und zeigten die zahlreichen Tattoos auf ihren durchtrainierten Oberkörpern. Doch die Meute folgte ihnen nicht, so richtig Stimmung kam nicht mehr auf. Und dann bekam es Schalke so richtig dicke. Noch ein Tor. Sah fast aus wie das erste, dachte Stefan. Das also ist Profifußball? Mit dem 0:3 kehrte dann schlussendlich Ruhe ein, die Gesänge verstummten und wurden nur manchmal wieder aufgenommen.

„Schon wieder so eine Scheiße", sagte der Mann neben Stefan. Er trug eine Jeans-Weste mit zahlreichen Stickern, die meisten davon brachten den BVB in Verbindung mit sodomistischen Sexpraktiken. Stefan fand das einfach widerlich. Noch widerlicher waren aber die Hasstiraden, die er gegen einzelne Spieler losließ. Ein anderer Fan sagte nur: „Ich pack das einfach nicht, wir haben jetzt schon den siebten Trainer in ein paar Monaten und egal, wer da unten das Sagen hat, am Ende spielen wir doch immer die gleiche Scheiße."

Die Ränge auf der Geraden links von Stefan leerten sich merklich, das aber betraf die Nordkurve nicht. Die blieb bis zum Abpfiff. Als die Mannschaft in die Kurve kam und den Fans applaudierte, gellten um Stefan herum einige Pfiffe. Aber ausgerechnet die Ultras verzichteten darauf, machten nur hilflose Gesten in Richtung der Spieler, die klar eine Botschaft transportierten: „Warum?"

Stefan war einer der letzten, die gingen. Abgesehen von den Ultras unten, die angefangen hatten, ihre Fahnen einzusammeln. Doch erst, nachdem die Spieler gegangen waren, packten sie alles zusammen und hingen das große Stück Stoff ab, das sie vor sich in die Nordkurve gehängt hatten. Das letzte Kommando verstand Stefan deutlich, obwohl es ohne Megafon gerufen wurde. „Abmarsch!" Und alle trotteten los, die Treppen hinauf, quasi das Szenario vom Einmarsch in die Kurve, nur umgekehrt. Als die Meute an ihm vorbeigezogen war, ging auch Stefan. Er hatte genug gesehen.

Das muss Claudia mir mal alles erklären. Eins allerdings hatte sie bei ihrer Einführung auf Schalke vergessen zu erwähnen: Mal eben eine Bahn zu nehmen war nicht so einfach. Schon auf der Brücke zur Station stauten sich die Menschenmassen. Nach 30 Minuten im Rückstau erkannte er auch von oben an der Treppe den Grund: Die Menschen wurden stoßweise auf den Bahnsteig gelassen, eine Bahn gefüllt und dann der nächste Stoß die Treppe heruntergeschickt. Immerhin, die Leute schubsten und drängelten nicht, sondern warteten geduldig in der Menge. Wenn sie nicht gerade irgendwelche Fan-Gesänge anstimmten. Und das, obwohl Schalke verloren hat, dachte er. Wobei viele den Ton nicht trafen und eher lallten, als dass sie sangen.

Im Flüchtlingsheim (5)

„Du siehst müde aus", sagte Claudia statt einer Begrüßung, als Stefan später als sonst auf der Arbeit erschien.

„Was meinst du denn. Du hättest mir wirklich sagen können, dass es ewig dauert, bis man mal in die Bahn kommt. Ich hätte vielleicht ein Taxi nehmen sollen."

„Die hättest du sehen müssen. Kurz vor der Brücke rechts die Treppe runter, da sammeln sie immer die Leute auf."

„Hab kein Taxi gesehen."

„Eben. Waren sicher alle schon weg. Und auch die Taxifahrer haben das gleiche Problem wie jeder, der nach einem Spiel von der Arena nach Hause will: überall Stau."

„Du kennst dich ja gut aus."

„Geht so."

„Wie kommt das eigentlich? Ich dachte, dir ist Fußball scheißegal."

„Ist er auch. Aber mein Verflossener war totaler Schalke-Fan. Musste meinen ganzen Plan nach ihm ausrichten, ein total Verrückter. Wenn Schalke gespielt hat, hatte ich nur die Wahl: entweder ich gehe mit ihm ins Stadion oder er geht ohne mich. Und weil ich doch Zeit mit ihm verbringen wollte, bin ich eben mitgegangen. War mir auf Dauer aber zu blöd. Und wenn Schalke verloren hat, dann war mit ihm erst recht nichts anzufangen. Hatte nur schlechte Laune, da konnte ich auch gleich wieder nach Hause gehen. Hab dann Schluss gemacht. Hat ihn aber nicht besonders interessiert. Am gleichen Abend war Pokalspiel oder so was, das war wohl wichtiger."

Sie runzelte plötzlich die Stirn. „Hm, da fällt mir etwas ein ... aber sag mal, bist du weitergekommen? Hast du irgendwas gefunden, was Wael entlasten könnte?"

„Nein", musste Stefan einräumen. „Und um ganz ehrlich zu sein: Beim Spiel gestern gewesen zu sein, hat mir auch nicht wirklich weitergeholfen."

„Weißt du was? Du könntest dich mal mit Peter unterhalten."

„Peter?"

„Mein Ex. Der war auch irgend so ein hohes Tier bei den Fans. Hab nie so ganz verstanden, was, aber hat sich Gott-weiß-was darauf eingebildet. Ich rufe ihn mal an."

Und bevor Stefan sie hindern konnte, wählte sie auch schon eine Nummer. „Die kennst du offensichtlich immer

72

noch auswendig", spöttelte er. Sie guckte ihn nur unwirsch an und winkte zur Tür. Stefan fand, es wäre eine gute Idee, mal eine Runde über das Gelände zu drehen. Wenn Claudia befürchten musste, beim Telefonat mit Peter irgendwas aus ihrem Privatleben preiszugeben, war mit ihr im Zweifel hinterher nicht gut Kirschen essen.

„Bingo!", rief sie ihm entgegen, als er wieder zurückkam. „Weisse was? Peter war sogar in der Nacht unmittelbar vor dem Mord mit Stancky genau in der Kneipe! Der hat ihn quasi als Letzter gesehen!"

Ihre Aufregung steckte Stefan an. „Und, kann er was erzählen?"

„Leider nein. Der faselte auch nur was von einem Ausländer und dass er sich mit dem gestritten haben muss. Meint wohl Wael. Für Peter ist ganz klar der schuld."

„Das hilft uns nicht weiter. Im Gegenteil."

„Ich kann ihn auch nicht zu einer Lüge bringen", schnappte sie zurück. „Zumindest jetzt nicht mehr!"

„Kommt vielleicht ja darauf an, wie man ihn fragt", giftete Stefan zurück. Er erschrak innerlich. Normalerweise war er doch nicht so. Aber ihre Art nervte ihn und schließlich tat er wenigstens etwas, um Wael zu helfen.

„Oh, ich habe vergessen, du bist ja Inspektor Columbo sein unehelicher Schwippschwager."

„Vielleicht bin ich das."

„Dann verhör du Peter doch!"

„Vielleicht mach ich das!"

Beide starrten sich böse an.

„Und wie will der feine Herr Columbo ihn dazu bringen, mit dir zu reden?"

Stefan zögerte. Darüber habe ich nicht nachgedacht. Eigentlich habe ich bei dem ganzen Streit gerade nicht besonders viel nachgedacht. Aber zurück kann ich jetzt auch nicht.

Und, na ja, wer weiß, vielleicht bringt es ja doch etwas. Schaden kann es ja nicht. „Ja, weiß ich auch nicht. Aber vielleicht kannst du ein Treffen arrangieren?"

Sie guckte ihn herablassend an. Das konnte sie fast so gut, wie mit ihren Blicken töten. „Ach, jetzt brauchst du meine Hilfe doch."

„Nicht ich. Wael."

Das saß. Schlagartig wurde sie wieder normal. „Ich rufe Peter nachher noch mal an und frage ihn."

„Nicht sofort?"

„Nein, besser nicht. Hinterher glaubt der noch, ich wollte wieder was von ihm. Göttin bewahre! Der hat gerade schon wieder so Anspielungen gemacht ... ach ja, du gehst alleine zu ihm. Sonst kommt außer einer ziemlich schleimigen Anmache nichts Gescheites über seine Lippen."

Sie schnappte sich ihre Tasche – beileibe kein filigranes Etepete-Handtäschen, sondern ein schlichter Outdoor-Rucksack. „Ich hol mir ein Brötchen. Willsse auch was?"

„Nein, danke, hab schon gefrühstückt." Sie ging, und Stefan dachte: „Unehelicher Schwippschwager? Geht doch gar nicht."

Die Pressekonferenz

Die allmorgendliche Sitzung der Mordkommission war für Mona fast schon ein Ritual geworden. Komisch, dachte sie, erst war ich so aufgeregt – und jetzt finde ich das alles eher ermüdend. Neue Erkenntnisse gab es allerdings keine. Das Ganze diente eher dazu, die wichtigsten Fakten zu wiederholen, denn die Pressestelle hatte für 10 Uhr eine PK anberaumt.

„Kann ich dabei sein?", fragte sie nach der Besprechung Hauptkommissar Schmidt.

Der guckte etwas indigniert. „Warum wollen Sie dabei sein, Frau Horstkötter?"

„Ich dachte, ich könnte noch etwas lernen." Eigentlich bin ich nur neugierig, dachte sie. Aber das musste er ja nicht wissen. „Wissen Sie, ich bin ja noch nicht so lange in der Ausbildung, und eine Pressekonferenz habe ich bisher noch nicht erlebt. Ich denke, da kann ich noch viel lernen. Ich meine, über kurz oder lang hat ja jeder von uns mal mit der Presse zu tun, und da darf man doch keine Fehler machen." Sie garnierte das mit dem unschuldigsten Engelsgesicht, dessen sie nur fähig war, und das verfehlte nicht ihre Wirkung.

„Ach so, ich dachte zuerst ... " Er sprach nicht aus, was er gedacht hatte. „Natürlich. Aber setzen Sie sich bitte in eine der hinteren Reihen und verhalten Sie sich ruhig."

„Natürlich, Herr Hauptkommissar! Vielen Dank, Herr Hauptkommissar!" Mein Gott, war sie unterwürfig. Sie kotzte sich fast selbst an, aber andererseits: Der Zweck heiligt die Mittel und der Zweck war ja erreicht. Sie war dabei.

* * *

Nach der Besprechung blieben noch 15 Minuten bis zur PK, und so ging Mona zu Franz und leider auch zu Mike. „Hey, ich darf bei der Pressekonferenz dabei sein!"

„Glückwunsch!", gratulierte Franz. Mike schnaubte nur. Mona zog vor, das zu ignorieren.

* * *

Gehorsam setzte sich Mona auf einen Platz in der letzten Reihe, während sich der Raum langsam füllte. Pressesprecherin Sonja Oljowskaja sortierte noch einige Papiere auf dem Schreibtisch, neben ihr ein leerer Stuhl. Eine Minute vor zehn betrat auch Hauptkommissar Schmidt den Raum, begrüßte erst Oljowskaja und ging dann zu einigen Pressevertretern, die er augenscheinlich schon länger kannte. So richtig herzlich war die Begrüßung nicht. Drei Minuten später setzte er sich auf den leeren Stuhl und setzte an: „Meine Damen, meine ... ", er zögerte kurz, als die Pressesprecherin sich zu ihm herüberbeugte und sein Mikrofon anschaltete, „... Herren. Herzlich willkommen zu unserer Pressekonferenz."

Langatmig schilderte er zunächst die Umstände des Opferfundes. „Die Berichte der Gerichtsmedizin liegen uns noch nicht vor. Von daher kann ich bei aller Vorsicht nur sagen, dass wir bisher davon ausgehen, dass der Täter das Opfer mit einem oder mehreren Schlägen mit einem dumpfen Gegenstand auf den Kopf getötet haben muss. Die Tatwaffe haben wir bisher nicht gefunden. Bis hierhin irgendwelche Fragen?"

„Nach unseren Informationen haben Sie den Täter bereits verhaftet." Ein Mann mit kurzen, dunklen Haaren, Block und Bleistift in der Hand, rief, ohne sich zu melden, in den Raum.

„Das ist nicht ganz richtig, Herr Rehmann", erwiderte Schmidt. „Wir haben derzeit eine Person in Untersuchungshaft, die dringend der Tat verdächtig ist. Es handelt sich bei der von Ihnen vermutlich gemeinten Person um einen Asylbewerber syrischer Abstammung, der in dem nahe am Tatort gelegenen Flüchtlingsheim in Scholven lebt." Mona bewunderte, dass Schmidt druckreif reden und sogar verschachtelte Sätze bauen konnte, ohne abzulesen.

Er fuhr fort: „Sie werden verstehen, dass wir zu diesem Zeitpunkt aus ermittlungstaktischen Gründen keine weiteren Angaben machen können."

„Welche ermittlungstaktischen Gründe sollen das bitte sein, wenn Sie den Täter schon zu haben glauben?"

„Herr Rehmann, auch das fällt naturgemäß unter die ermittlungstaktischen Überlegungen, die wir angestellt haben. Und jetzt würde ich gerne die Fragen in der Reihenfolge abarbeiten, in der Sie sich hier melden."

Es meldeten sich einige, aber welche Frage auch kam, Schmidt wiegelte mit seiner Litanei von „ermittlungstaktischen Gründen" ab. Es dauerte nicht lange, da wollte er offensichtlich zum Schluss kommen. „Wenn keine weiteren Fragen ... ja, Herr Rehmann?" Mona hatte das Gefühl, ein leises Seufzen im Tonfall des KHK zu hören.

„Eine letzte Frage hätte ich dann noch."

„Gerne."

„Wenn Sie keine Informationen geben können, warum stehlen Sie dann unsere Zeit mit einer Pressekonferenz? Was Sie gesagt haben, hätten Sie uns auch faxen oder über den Polizei-Presse-Server mitteilen können."

„Herr Rehmann, vielen Dank für diese Frage. Natürlich hat die Öffentlichkeit das Recht, alles zu erfahren, was wir wissen und", hier hob Schmidt die Stimme, „wir zu diesem Zeitpunkt der Öffentlichkeit auch mitteilen können. Einen schönen Tag, meine Damen, meine Herren."

Die Journalisten erhoben sich murrend und Mona sah, wie viele resigniert den Kopf schüttelten. Als Rehmann an Mona vorbei zum Ausgang ging, streifte sein Blick sie und halblaut murmelte er: „Ermittlungstaktische Gründe. Dass ich nicht lache." Mona hatte das Gefühl, er hatte nicht ohne Absicht laut gedacht, als er an ihr vorbeigelaufen war.

* * *

Es dauerte nicht einmal eine Stunde, bis der erste Artikel auf den Online-Seiten der Lokalzeitung auftauchte, wie Mona gespannt verfolgte. Ein gelegentliches Aktualisieren hielt sie ja nicht wirklich von der Arbeit ab, hatte sie gedacht, während sie eher geistesabwesend durch die Akten blätterte, die die Ermittler bisher gesammelt hatten.

„Verdächtiger festgenommen", titelte die Lokalzeitung, und unter der Überschrift prangte direkt „Von Gert Rehmann".

Dass die Presse meist keinen Unterschied zwischen mutmaßlichem Täter und einem dringend Tatverdächtigen machte, war Mona erst aufgefallen, als sie ihre Ausbildung begonnen hatte und im „Roten Faden der Kriminalistik" lernen musste, worin der Unterschied bestand.

Sie las weiter: „Gelsenkirchen. Im Fall des ermordeten Karl S. hat die Polizei einen ersten Verdächtigen festgenommen. Es handelt sich nach Informationen unserer Zeitung um den syrischen Flüchtling Wael H. (32). Ihm wird vorgeworfen, in der Nacht auf Montag Karl S. aufgelauert und erschlagen zu haben. Die Polizei verweigert mit dem üblichen Hinweis auf ‚ermittlungstaktische Erwägungen' auch auf Nachfrage weitere Informationen."

Konnte er sich wohl nicht verkneifen, dachte Mona. Allerdings verstand sie auch nicht so ganz, warum der Hauptkommissar so eine Geheimniskrämerei betrieb. Andererseits hatte sie schon bemerkt, dass eigentlich keiner ihrer Kollegen eine besondere Vorliebe für „die Journaille" hegte. Und das war noch das freundlichere Wort, meistens sprachen sie nur von den „Schmierfinken" und den „Pressefuzzis".

„Wie allerdings Recherchen unserer Zeitung ergeben haben, soll es in der Mordnacht zu einem Streit zwischen Karl S. und dem mutmaßlichen Täter in der nahe gelegenen Kneipe ‚Zum königsblauen Stollen' gekommen sein. Augenzeugen berichten, Karl S. soll von dem syrischen Asylbewerber beleidigt worden seien; dieser soll daraufhin rassistische Äußerungen getätigt haben. Daraufhin soll Wael H. ihm gedroht, die Gaststätte allerdings kurz darauf verlassen haben. Eine Stunde später verabschiedete sich Karl S. von seinen Freunden – wie sich später herausstellte, für immer. Kurz darauf war er tot, erschlagen von einem dumpfen Gegenstand, wie die Polizei vermutet."

Mona fragte sich kurz, ob das „vermutet" eine weitere Spitze dieses Rehmann war oder ob es sich um eine normale Formulierung handelte. Auch egal, dachte sie dann, interessant ist doch, woher er das alles weiß. Wir haben den Namen des Flüchtlings nicht herausgegeben. Sie begann, erneut in den Befragungen zu blättern. Nein, kein Hinweis auf rassistische Äußerungen in der Auseinandersetzung.

„Ebenfalls keine Antwort hatte Hauptkommissar Eugen Schmidt (57) auf die Frage, ob sich interne Spannungen innerhalb des Schalker Fanclub-Verbands als Motiv ausschließen ließen. Schließlich hatte es in den vergangenen Wochen dort einen offenen, wenn auch ausschließlich verbalen Schlagabtausch gegeben (wir berichteten)."

Jäh wurde sie aus ihren Gedanken gerissen. „Mona, kommst du?" Franz. „Wir müssen jetzt langsam mal wieder auf Streife gehen. Die Mordkommission braucht uns nicht und wir sollen unsere ganz normale Runde drehen."

„Hast du schon den Artikel gelesen?" Sie nickte zum Monitor hin.

„Nein. Im Dienst ... schon klar, ich bin ja auch neugierig." Er überflog rasch den Artikel. „Interessant."

„Ja, nicht wahr? Woher weiß dieser Rehmann das alles? Der KHK hat nicht gesagt, wer in U-Haft sitzt. Und keiner unserer Zeugen hat Details vom Streit berichtet."

„Daran musst du dich gewöhnen. Diese Journalisten wissen oft viele Dinge, und das, was sie nicht wissen, schreiben sie dennoch und hoffen, ins Schwarze zu treffen. So ist das halt. Darfst du nicht zu viel drauf geben."

„Ja, aber vielleicht sollten wir mal diesen Journalisten vernehmen? Wenn er doch etwas weiß, dann soll er uns seine Quellen ...“

Franz lachte. „Kannst du knicken. Der wird uns nur eines sagen: ‚Informantenschutz‘ – und uns dann einen Vortrag über das Grundgesetz und die Pressefreiheit halten. Ein paar Kollegen in Paderborn haben mal versucht, einen Pressemenschen in Beugehaft zu nehmen. Das ging nicht gut für sie aus. Sein Anwalt machte sie und den Polizeipräsidenten so klein, die laufen heute noch aufrecht unter dem Tisch durch. Und das Medienecho ... die waren dort erst einmal damit beschäftigt, die Lage zu beruhigen, bevor sie sich wieder ihrer Arbeit widmen konnten. Und so schnell hast du gar nicht gucken können, wie der Innenminister den Polizeipräsidenten angerufen hat. Der soll den so zusammengeschissen haben, dass die das noch in der Direktion Bonn gehört haben sollen. Ne, von Journalisten einfach mal die Finger weg.“

Wenigstens verlief der Tag ohne anstrengende Vorkommnisse. Hier mal ein kleiner Streit, da mal ein junger Mann, der ermahnt werden musste – eigentlich alles wie immer. Und wie immer lief das Lokalradio im Auto. Da hatte sie sich schon vor Wochen endlich mal gegen Mike durchsetzen können, der eigentlich lieber WDR 4 hörte. „Weil da die Helene läuft“, wie er gesagt hatte. Mona hielt ja nichts von dieser Sanges-Trulla. Das Lokalradio brachte zwar auch eher Standard-Popmusik, aber alles war besser als die Helene – und diese andere, die immer von der sang, „die immer lacht“. Franz schien auch lieber Lokalradio zu hören. Mike beschwerte sich dann immer über „diese Negermusik“ und Mona konnte im Spiegel sehen, wie Franz dann ganz leicht lächelte. Aber gerade lief keine „Negermusik“. Stattdessen machten die kurzen Lokalnachrichten mit den PK-Ergebnissen auf. Zumindest hielten sie sich an die wenigen Fakten, die auf der PK verkündet worden waren. Bei dem Veranstaltungskalender hörte sie nur mit halbem Ohr hin, bis dann doch noch etwas ihre Aufmerksamkeit erregte: Richtig, heute war ja die Jahreshauptversammlung des Fanclub-Verbands. Da sind ja dann alle versammelt, die sich in der Kneipe in der fraglichen Nacht getummelt haben, dachte sie. Sie war so ins Grübeln vertieft, dass sie gar nicht richtig mitbekam, dass Franz sie angesprochen hatte. Sie schreckte hoch. „Ja?"

„Ich habe gefragt, ob du auch einen Kaffee möchtest. Wir könnten mal unsere Pause machen."

„Gute Idee!"

Die Jahreshauptversammlung

Nach Dienstschluss eilte Mona in die Stadt. Doch ihre Hoffnung, irgendwo eine Perücke kaufen zu können, erfüllte sich nicht. Gelsenkirchen ist nun einmal nicht Köln, dachte sie sich. Da könnte ich sicher das ganze Jahr Kostüme kaufen. Aber jetzt noch eine Stunde mit der Bahn nach Köln, durch die Geschäfte irren, dann eine Stunde zurück ... mindestens. Schließlich war da noch die Großbaustelle mit Schienenersatzverkehr, das würde noch länger dauern. Nein, das schaffte sie nicht.

Etwas ratlos stand sie in der Altstadt herum. Was nun? Einfach so hingehen, wie sie war? Nein, man hätte sie erkennen können. Was, wenn ein Kollege von ihr da auftauchte? Dann war es das mit ihrer Karriere. Okay, das war unwahrscheinlich, dass einer ihrer Kollegen bei der Fanclub-Versammlung auftauchen würde. Die fanden eigentlich alle Fußball zum Kotzen. Und noch weniger Bock würden die auf das Fanclub-Gehabe haben. Aber man weiß ja nie ... oder wenn einer der

Fanclub-Leute sie erkannte, schließlich hatte sie ja einige vernommen. Wenn der dann auf der Wache anrief ... Sie wusste nicht, wie sie sich dann herausreden sollte. Machte auf jeden Fall einen schlechten Eindruck. Nein, sie musste sich verkleiden, das ging nicht anders.

Sie war schon kurz davor, ihren Plan zu canceln, da sah sie die Filiale der Drogeriekette, die noch nicht vom Konkurs betroffen war und noch geöffnet hatte. Vielleicht ... Sie ertappte sich dabei, wie sie vor dem Regal mit den „Einmaltönungen" stand. Kastanienbraun. Ja, das war gut. Ganz schön teuer das Zeug, dachte sie. Sie lachte leise auf. Das wäre sicher lustig, wenn sie versuchen würde, die Kosten von der Dienststelle erstattet zu bekommen. Der absurde Gedanke belustigte sie noch an der Kasse, als eine schlecht gelaunte Kassiererin langsam das Wechselgeld abzählte.

Zu Hause las sie sich die Packungsbeilage durch. Scheint ja ganz einfach zu sein, dachte sie zunächst, bis sie feststellte, dass die Tönung dunkle Flecken in ihrem weißen Handtuch hinterließ. Das kann ich dann wohl wegwerfen. Noch etwas für die Spesenrechnung. Sie kicherte. Anschließend wühlte sie in den zahlreichen Schminkutensilien, die sie sonst eher selten brauchte. Schminke und Nagellack waren im Dienst verpönt. Von daher machte es ihr richtig Spaß, sich mit grünem Lidschatten und dunklem Eyeliner aufzubrezeln.

„Sieht gar nicht mal schlecht aus", dachte sie, und erkennen wird mich so garantiert keiner. Zum Schluss flocht sie noch ihr langes Haar zu zwei Zöpfchen. Ich mache dann wohl auf süßes Mädchen, dachte sie. Kann ja nicht schaden, fiel ihr ein, und wählte aus dem Kleiderschrank eine Bluse, die mehr erahnen ließ, als sie verdeckte. Stolz besah sie sich, wie sich ihre strammen Brüste unterm Oberteil abzeichneten, während sich ihre Brustwarzen durchdrückten. Einen BH benutzte sie eigentlich nur im Dienst unter der Uniform, und dann auch nur einen Sport-BH. Heute konnte sie darauf verzichten. Noch ein knapper Rock und endlich mal wieder Schuhe mit hohen Absätzen. Die trug sie eigentlich viel zu selten. Mit Jonas ausgehen war undenkbar, und wenn sie mal in einer weit entfernten Stadt unterwegs waren, waren auch eher Jeans, T-Shirt und Turnschuhe angeraten. Man wusste ja nie, wann man schnell das Weite suchen musste.

* * *

„Ich habe dich nicht auf der Liste", sagte der Mann an dem Tisch in der Kneipe, der den Eingang zum Saal bewachte, wo die Jahreshauptversammlung der Fanclubs stattfinden sollte. Ratlos drehte er ihren Fanclub-Mitgliedsausweis in den Händen. Sie war zwar schon seit Jahren nicht mehr im Fanclub, aber den Ausweis hatte keiner zurückgefordert.

Sie setzte ihren süßesten Blick auf, fuhr sich wie gedankenverloren mit der einen Hand in den Ausschnitt, der wie geplant verrutschte und noch mehr von ihrer Brust freigab, als ohnehin schon zu sehen war. Sie kam sich dabei reichlich billig vor, aber es verfehlte seine Wirkung offensichtlich nicht. Leicht dümmlich und mit einem Augenaufschlag, der fast als unschuldig hätte durchgehen können, sagte sie: „Das kann doch nicht sein! Jetzt bin ich extra hierhin gekommen! Was soll ich denn jetzt machen?"

Er folgte mit seinen Augen ihrer Hand. So viel zum Thema „Ich habe auch Augen", dachte sie. Kerle. Vor allem die notgeilen alten Säcke. Das letzte Mal, dass die eine Frau gesehen haben, war nachts bei RTL2. Er zögerte: „Ich kann dich nicht reinlassen, wenn du nicht auf der Liste stehst", sagte er mit schwachem Widerstand. Sie beugte sich etwas vor, als wolle sie auf die Papiere gucken, die vor ihm lagen. Seine Augen hatten sich jetzt endgültig in ihrem Ausschnitt festgesetzt.

„Ich muss da doch stehen. Da muss was schiefgelaufen sein."
Ihre Stimme kickste fast, weil sie sich eine Oktave über ihrer
gewöhnlichen Tonlage befand.

„Ja, also." Den Blick fest auf ihre Titten gerichtet, sagte
er: „Pass auf. Setz dich mal da hin. Ich kann dir aber keine
Stimmkarte geben!", besann er sich halbwegs seiner Pflich-
ten. „Ich klär' das. Komm einfach nach der Versammlung zu
mir", bot er ihr an. Und ein halbseidenes Angebot war das sicher. „Aber erzähl' das keinem. Ich tue das nur für dich!"

„Danke!", hauchte sie und bedachte ihn mit einem verfüh-
rerischen Blick. Dreckskerl, dachte sie dabei, als ob ich danach zu dir komme. Oder gleich am besten zu dir nach Hause
oder auf den Rücksitz deines klapprigen Autos. Vermutlich
ein Opel, so, wie du aussiehst. Das würde dir so passen. Aber
sie lächelte und ging zu einem Platz etwas abseits. Vorsichts-
halber ließ sie auf dem Weg noch den Hintern wackeln. Sie
spürte förmlich noch den Blick des alten Sacks in ihrem Rücken. Oder etwas tiefer, vermutlich.

Der Raum füllte sich langsam und die Bedienung begann
herumzuschwirren. Eigentlich wollte Mona eine Cola light,
doch dann entschied sie sich lieber für ein Bier. Kein Alkohol
im Dienst, dachte sie, aber ich bin ja nicht im Dienst. Falls
mich einer fragt.

Zwei Männer kamen auf sie zu, mit Kutten bekleidet, die
von Aufnähern nur so prangten. Beide hatten nur Blicke für
Mona und auch sie guckten ein wenig zu tief, als dass sie ihr
in die Augen hätten schauen wollen. Kurz bevor die beiden
sie erreichten, schnappten sich zwei ältere Damen die Stühle
ihr gegenüber. Mittfünfzigerinnen, hätte Mona geschätzt. Mit
enttäuschten Blicken zogen die Kerle ab und suchten sich
einen anderen Platz.

„Das fehlte noch, dass die beiden alten Geier dich den ganzen Abend angemacht hätten", lachte die eine. „Gertrud",

stellte sie sich vor, „und das ist Rosi". Die nickte. „Was macht so ein junges Ding alleine hier?", erkundigte sich Gertrud.

„Mein Fanclub hat mich geschickt, um ihn zu vertreten." Sie bemerkte den Blick der beiden, die ihre Stimmkarten vor sich gelegt hatten. „Irgendwas ist wohl schiefgelaufen, ich war nicht auf der Liste", erklärte sie. „Mein Vorstand hat mich aber auch erst vorgestern benannt. Jetzt kann ich gar nicht mit abstimmen."

„Ist doch nicht so wichtig." Als Rosi Monas fragenden Blick bemerkte, fragte sie: „Du bist zum ersten Mal hier, oder?"

„Ja."

„Dann erkläre ich dir mal was. Eigentlich steht hier doch eh immer alles schon fest. Alle stimmen brav ab, wie der Vorstand es will. Die Kerle haben doch alle Schiss in der Buchse."

„Schiss? Wovor denn?"

„Du bist echt zum ersten Mal hier", lachte Gertrud. „Da hat dich dein Vorstand echt losgeschickt, ohne dich vorher zu instruieren?"

Mona nickte nur.

„Die Kerle nehmen sich alle fürchterlich wichtig und haben große Schnauze daheim in ihren Fanclubs. Wie sollen die denen das erklären, wenn sie auf einmal ohne Karten nach Hause kommen. Deshalb sind die doch nur hier. Um gesehen zu werden, damit sie bei der nächsten Zuteilung nicht zu kurz kommen."

Mona beschloss, die beiden einfach reden zu lassen, und ermunterte sie durch fragende Blicke. Gertrud hatte sichtlich ihre mütterlichen Gefühle entdeckt. „Es ist doch so. Wenn du hier aufmuckst, dann kürzt dir der Vorstand das Kartenkontingent. Zack, dann stehst du da und musst deinen Mitgliedern erklären, warum jetzt nur noch die Hälfte auswärts fahren darf und warum die nur noch die teuren Sitzplätze bekommen. Die ganz teuren."

Rosi nickte nur wissend dazu. Es hat sich nichts geändert, dachte Mona. Es geht natürlich um Karten.

Endlich erhob sich der mittlere der Männer auf dem Podium von seinem Stuhl (und seinem Bier) und begrüßte die Anwesenden. Er stellte sich nicht vor, ging wohl davon aus, dass alle ihn kannten. Mona kam das Gesicht bekannt vor, aber auf Schalke kennt man ja irgendwann jeden, der mal ein Amt innehatte. Die Fan-Welt war eben doch klein.

„Bevor wir in die Tagesordnung einsteigen, ehren wir bitte unsere Verstorbenen. Bitte erhebt euch dazu von euren Plätzen."

Der Vorsitzende, das musste er wohl sein, verlas eine Reihe von Namen. „Zu guter Letzt, das wissen Sie alle, ist unser Kartenbeauftragter Karl Stancky von uns gegangen. Sein Einsatz für den Fanclub-Verband war immer vorbildlich. Er war mehr als 25 Jahre ein aktives Mitglied, zuletzt als Kartenbeauftragter." Er machte eine Pause. „Ehren wir ihn und all unsere Verstorbenen mit einer Minute Schweigen." Es wurde still im Saal, selbst die geschäftigen Kellnerinnen stellten ihre Gläser auf einem Tisch ab und verharrten. Die Minute endete in Beifall, alle setzten sich wieder.

„Das mit dem Karl, das ist schon 'ne Story", sagte Rosi. Mona entschloss sich, wieder einmal fragend zu gucken. „Das mit dem Mord! Das hast du doch sicher mitbekommen."

Dumm stellen wäre sicher die beste Alternative, beschloss Mona. Diese Verhörtechnik hatte sie noch nicht in ihrer Ausbildung gehabt. Vermutlich sollte sie mal mit ihren Dozenten reden, denn offensichtlich war die recht viel versprechend. „Ach, das war der? Ich hab in der Zeitung davon gelesen."

„Ja, das war Karl", fiel Gertrud ein. „Ich wusste ja immer, dass das mit ihm kein gutes Ende nehmen würde." Der Vorsitzende – jetzt fiel Mona der Name ein, das war doch Harald

Schulte, mein Gott, mit so einem Gedächtnis würde sie es als Polizistin nicht weit bringen – las derweil die Tagesordnung vor. Das schien keinen groß zu interessieren, nahezu alle murmelten leise Gespräche. Sie überhörte fast, dass er um die Aufnahme eines weiteren Tagesordnungspunkts bat: Ausschluss eines Vereinsmitglieds." Während alle ihre Stimmkarten hoben, auch die beiden Damen bei ihr, um Zustimmung zu signalisieren, fuhr Gertrud fort: „Weißt du, Mädel, der soll nicht immer treu gewesen sein."

Rosi lachte laut auf und einige andere im Saal drehten sich zu ihr um. Sie dämpfte ihre Stimme, während sie sprach: „Nicht immer treu? Der hat sich doch durch halb Gelsenkirchen inklusive Buer gevögelt."

Die Versammlung nahm ihren Lauf. Die Berichte des Vorstands – was der nicht alles gemacht haben wollte – sowie des Schatzmeisters wurden ohne Aussprache entgegengenommen und der Vorstand einstimmig entlastet. Vorsitzender Harald Schulte, kein Gegenkandidat, Wiederwahl mit 100 Prozent bei ein paar Enthaltungen. Stellvertreter Peter Knies, kein Gegenkandidat, keine Gegenstimmen. Schatzmeister Klaus Brinkert, gleiches Prozedere. Sie verstand allmählich, was Gertrud und Rosi gemeint hatten. Bei der Wahl der Beisitzer verlor Mona das Interesse und den Faden. Vier Männer und zwei Frauen wurden in das Gremium gewählt, die Namen rauschten an ihr vorbei. Sie hatte nichts mitgenommen, um sich Notizen zu machen, bemerkte sie verärgert. Wie unprofessionell! Egal, der Dachverband würde es sicher bald auf seine Homepage stellen. Dann musste das eben reichen.

* * *

Um halb zehn sollte Stefan bei der Jahreshauptversammlung sein, hatte Peter gesagt, dann wäre die Versammlung sicher vorbei. Doch offensichtlich lief sie noch; der Wirt wies ihm den Weg zum Versammlungssaal, dessen Türen geschlossen waren. Er überlegte gerade, ob er einfach in den Raum gehen sollte, da öffnete sich schon die Tür und eine Kellnerin, ein großes Tablett mit leeren Biergläsern balancierend, trat heraus. Er schlüpfte durch die Tür und zog sie hinter sich zu. Rechts von ihm ein verwaister Tisch, auf dem zahlreiche Listen herumlagen. Hoffentlich muss ich nicht zu lange warten, dachte Stefan, und setzte sich auf einen freien Platz am Ende des Raums, nicht weit von der Tür.

„Kommen wir zu einem traurigen Thema", hub ein Typ ganz vorne an. „Wie ihr alle wisst, waren die vergangenen Wochen reichlich turbulent. Leider mussten wir uns mit den Anschuldigungen – den grundlosen Anschuldigungen, möchte ich betonen – eines unserer Aufsichtsratsmitglieder auseinandersetzen. Ihr alle wisst, was nicht alles an Dreck auf uns geworfen worden ist. Das darf nicht wieder passieren. Wie ihr über unsere Newsletter mitbekommen habt, mussten wir Bernhard seines Amtes als Aufsichtsrat entheben. Gleichzeitig müssen wir feststellen, dass er mit seinen öffentlich gemachten Anschuldigungen uns geschadet hat – uns allen!" Applaus brandete gehorsam durch den Saal.

„Das darf nicht wieder passieren!", wiederholte der Mann, sichtlich angespornt von dem Beifall. „Aus diesem Grunde haben wir beschlossen, an euch mit dem Antrag heranzutreten, die Amtsenthebung von Bernhard Döring zu bestätigen und ihm sein aktives und passives Wahlrecht im Verband für die Dauer von 20 Jahren zu entziehen. Sein Fanclub hat dem bereits zugestimmt." Er blickte in die Runde. „Ist hierzu eine Aussprache gewünscht?" Er machte eine kurze Pause, die jedoch keiner der Anwesenden nutzte. „Dann bitte ich um das Kartenzeichen." Zahlreiche Karten und Hände gingen nach oben. So muss das damals bei der SED gewesen sein, dachte

Stefan. Moment mal, dachte er dann. Könnte das derjenige gewesen sein, von dem die Stancky erzählt hatte? Mit dem ihr Mann so viel Ärger gehabt hatte? Passen würde es.

„Dann ist das beschlossen", kam es von vorne. Stefan guckte etwas genauer hin. Links von dem Redner, das musste Peter sein. Claudia hatte ihm ein paar Bilder gegoogelt. „Dein Ex scheint ja prominent zu sein", hatte er gelacht. Claudia hatte ihm daraufhin mit einem scheelen Blick beschieden, dass er „ein hohes Tier" bei den Fanclubs sei und darum gebe es natürlich ein paar Bilder von ihm. Ganz typisch für sie hatte sie hinzugefügt: „Aber mittlerweile ist er noch fetter geworden."

Vorne ging die Versammlung mit „Verschiedenes" weiter. Mehrere Leute meldeten sich zu Wort und fragten nach, warum ihr Fanclub weniger Karten bekommen habe und warum man den Verteilschlüssel geändert habe. Schon wieder Karten, seufzte Stefan in Gedanken.

* * *

Mona langweilte sich. Diese Vereinsmeierei war ihr schon immer auf die Nerven gegangen. Eigentlich war sie ja auch nur dem Fanclub beigetreten, weil es die einfachste Art war, an Karten zu kommen. Bei den Versammlungen in ihrem kleinen Fanclub war es eigentlich immer genau so zugegangen. Langweilig. Sie horchte nur kurz auf, als es um den Ausschluss ging.

Rosi legte ihre Stimmkarte nieder, nachdem der beschlossen war. „Geschieht ihm recht", meinte sie. Mona guckte wieder einmal fragend, aber Rosi bedurfte eigentlich keiner Anfeuerung. „Der hat auch ganz schön Dreck am Stecken. Kein Abend, wo der nicht sein Geld in der Spielhalle verzockte."

„Möchte echt mal wissen, woher er das hatte", stimmte Gertrud zu. „So als kleiner Angestellter."

„Krumme Geschäfte bestimmt", meinte Rosi. „Die da vorne haben doch alle Dreck am Stecken. Die ziehen hier unser Geld ab und stecken es sich in die Tasche. Oder versaufen es ohne Umweg über die Tasche." Mona guckte wieder fragend, aber ihre neu entwickelte Verhörmethode versagte diesmal. Die älteren Frauen nickten nur wissend mit dem Kopf und griffen wie choreografiert zu ihren Weißweinschorlen.

Mona ließ den Blick durch den Saal schweifen. Offensichtlich langweilten sich fast alle so wie sie. Eigentlich war alles gelaufen, und wohl eher pro forma fragte Schulte, ob noch jemand Fragen habe. Wie immer, einer hatte. Obwohl es keine Frage war, sondern ein Loblied auf den Vorstand und welch tolle Arbeit der geleistet habe. „Schleimer", zischte Rosi vernehmbar durch die Zähne. Mehrere Männer in ihrem Umfeld lachten.

Dann war es endlich vorbei, viele erhoben sich, andere tranken noch ihre Gläser leer. Mona hatte ihr einziges Bier schon lange vernichtet. Sie schnappte sich ihren Deckel mit dem einsamen Bleistiftstrich und wollte damit zur Theke gehen, als ihr aus den Augenwinkeln ein Mann auffiel. Dieser Sozialarbeiter. Alles klar, dachte Mona. Wenn er kein Fußballfan ist, was macht der dann hier? Der ermittelt wirklich auf eigene Faust! Sie fühlte sich in ihrer Berufsehre gepackt. Ermittlungen soll man den Profis überlassen, hatte man ihr immer wieder eingebläut. Sie konnte selbst nicht ganz genau sagen, was sie daran störte, aber es nervte sie. Sie ging von ihm weg und stellte sich zu einer Gruppe Männer, tat so, als ob sie dazugehörte.

Unauffällig ging sie drei Minuten später versteckt hinter einer Gruppe von Männern aus dem Saal, zahlte den Deckel und ging zur Bahnhaltestelle. Die eine Bahn hatte sie gerade verpasst, verriet ihr ihre Nahverkehrs-App, und die nächste würde erst in 25 Minuten kommen. Na toll. Und dann begann es auch noch zu regnen. Sie hatte die Schnauze voll. Während sie sich in dem kleinen Unterstand duckte und dennoch nicht verhindern konnte, an den Beinen nass zu werden, wurde ihre Laune immer schlechter. Wenn dieser Kerl nicht gewesen wäre, hätte ich die Bahn bekommen und wäre jetzt fast schon zu Hause. Und trocken wäre ich auch.

* * *

Nachdem die Versammlung endlich geendet hatte, ging Stefan nach vorne zu Peter. Der war aber noch im Gespräch und Stefan stellte sich in seine Nähe, um das abzuwarten. Peter war sichtlich erregt, während er mit seinem Nebenmann, dem Versammlungsleiter, noch diskutierte, und in seiner Rage vergaß er offensichtlich, seine Stimme zu dämpfen. „Hömma, das wird mir langsam zu heiß!"

„Nur weil die unsere Akten beschlagnahmt haben? Hat keiner mitbekommen. Und die werden da auch nichts finden. Ich habe alles gesäubert. Du doch hoffentlich auch?"

Peter zögerte. Der Versammlungsleiter drängte: „Hast du doch?"

„Ja ..." Überzeugend klang das selbst für Stefan nicht, obwohl er nicht wusste, worum es ging. Und auch der Vorsitzende hatte seine Zweifel: „Wenn da noch irgendwas ist, sind wir am Arsch!" Er blickte hoch, sah Stefan in der Nähe stehen und ging ins Flüstern über, während er eindringlich auf Peter einsprach. Endlich ging er mit einer verächtlichen Handbewegung weg. Stefan sah seinen Moment gekommen. „Du bist Peter, oder?" Der nickte. „Ich bin Stefan. Wir haben vorhin telefoniert."

„Ach, der Kollege von Claudia." Peter war offensichtlich noch nicht ganz bei der Sache, bemühte sich aber, sich auf das neue Thema zu konzentrieren. „Was kann ich denn für dich tun?"

„Ich wollte mit dir über Karl reden."

„Bist du von den Bullen? Ich hab denen alles gesagt."

„Was hast du denen denn gesagt?", erkundigte sich Stefan.

„Warum willst du das wissen?"

Gute Frage, dachte Stefan. Laut erzählte er dann, dass ihm die Geschichte mit Wael komisch vorkam.

Peter wirkte fahrig und unkonzentriert, schien aber doch zuzuhören, bevor er antwortete: „Was soll ich sagen? Wir waren an dem Abend zusammen in der Kneipe. Der arme Karl ... das hat er nicht verdient. Ich hab aber nicht viel mitbekommen. Eigentlich war es ein normaler Abend, bis ... du weißt schon. Ich mein', so ein kleiner Streit, das kommt schon mal vor, vor allem, wenn man zu viel getrunken hat. Der Asylant ist dann abgezogen. Keine Ahnung, worum es ging. Aber der muss es doch gewesen sein."

„Wer könnte es denn sonst gewesen sein?"

Peter zuckte mit den Schultern. „Keine Ahnung. Darfst du mich nicht fragen. Fällt mir niemand ein."

„Vielleicht dieser Kerl, von dem ihr vorhin gesprochen habt? Dieser ... wie hieß er noch? Den ihr vorhin ausgeschlossen habt?"

„Ach, der Bernhard. Nein ... nein, ich glaube nicht. Klar, wir hatten alle Streit mit ihm, aber ein Mörder, das ist der nicht."

„Worum ging es denn? Er scheint euch ja ganz schön in Rage gebracht zu haben."

„Ach, Fanclub-Interna. Nichts Wichtiges. Du weißt ja, alles läuft gut und dann kommt immer einer, der herumstänkert. Nichts Besonderes. Glaube ich nicht. Du, ich muss jetzt gehen. Nett, dich kennengelernt zu haben. Grüß Claudia von mir." Er raffte seine Papiere zusammen, zog ab und ließ Stefan keine Chance, weitere Fragen zu stellen.

So viel dazu, dachte Stefan. Wieder keinen Schritt weiter.

Bei Mona (2)

Während Mona am Küchentisch saß und einen Joghurt löffelte, hörte sie, wie sich der Schlüssel im Türschloss drehte. Jonas natürlich. Er hatte einen Schlüssel zu ihrer Wohnung. Allerdings nervte es sie schon, dass er nicht klingeln konnte, sondern wie selbstverständlich ihre Wohnung in Anspruch nahm.

Dabei hatte er seine eigene Bude, in die er sie aber nie einlud. Sein Männer-Refugium sei das, hatte er ihr erklärt, obwohl er ein Wort wie „Refugium" dabei sicher nicht in den Mund genommen hatte. Vielleicht war es ihm aber auch nur peinlich, dass er noch bei seinen Eltern unter dem Dach eines eng geschnittenen alten Zechenhäuschens wohnte. Und mit dem Elternschlafzimmer direkt unter seinem Zimmer unterm Dach wäre an Sex auch nicht zu denken gewesen.

„Hi Schatz!" Er stockte. „Was ist das denn?" Er starrte auf ihre braunen Haare.

„Gewöhn dich nicht dran. Ich geh gleich meine Haare waschen."

„Ich find's geil! Pass auf, du bist die sexy Büroangestellte und ich ... ich bin der geile Hengst. Also so wie immer." Er lachte, beugte sich über sie, um sie in den Nacken zu küssen. Dabei ließ er seine Hand unter ihr T-Shirt gleiten. Er guckte wirklich zu viele Pornos, fand sie.

„Lass das."

Er zuckte ein wenig zurück, ließ seine Hand aber, wo sie war. „Was ist denn los?"

Sie schüttelte ihn ab und lehnte sich an die Küchenzeile. „Bin genervt."

„Was ist denn los?"

„Ach, weiß nicht."

Er guckte sie nur an. „Hömma, auf doofe Spielchen hab ich keinen Bock. Sag jetzt, was los ist und zick hier nicht 'rum. Auf diese Weiberspiele hab ich keinen Bock. ‚Weiß nicht', ‚ist nichts', den Scheiß kannst du dir schenken." Seine Stimme wurde wieder zärtlich. „Machst doch sonst nicht auf Weibchen. Was ist denn los?"

Sie erzählte ihm, dass ihr schon wieder dieser Sozialarbeiter über den Weg gelaufen war und dass sie das Gefühl hatte, er würde sich in Dinge einmischen, die ihn nichts angingen. Ihre Dinge. Er zuckte nur mit den Schultern. „Vergiss den Kerl einfach." Als ob das so einfach wäre – aber sie sprach es nicht aus. Er verstand das Problem auch nicht wirklich. „Warum rennst du nach Feierabend rum und versuchst noch zu ermitteln? Ein Kerl ist gestorben. Scheiß drauf!"

„Weil es mein Job ist?"

„Dein Job interessiert mich einen Scheißdreck!"

„Ich geh ins Bett." Er folgte ihr wenige Minuten später. Selbst als beide in ihrem Bett lagen, konnte sie den „Kerl" nicht einfach vergessen. Jonas hatte sich nackt neben sie gelegt, sie trug aber noch ihren Slip und ihr T-Shirt. Eigentlich hatte sie keinen Bock auf Sex, und das entging Jonas nicht, als er ihr die Kleidungsstücke langsam vom Körper zog. Obwohl er mit seinen Fingern ihre Scheide und Klitoris bearbeitete, wurde sie nicht feucht.

Das kam eigentlich nie vor, wenn Jonas sie bearbeitete – und er war verdammt gut darin. Er konnte jede haben, nein, sich jede nehmen. Oh Gott, bin ich jetzt eifersüchtig, schalt sie sich in Gedanken. In ihrem Kopf wirbelten noch die Gedanken. Zum Höhepunkt kam diesmal nur er.

Im Flüchtlingsheim (6)

Stefan hatte einen ruhigen Tag im Flüchtlingsheim. Es war Samstag, er war allein und hatte „Stallwache", wie Claudia und er es nannten. Am Wochenende waren sie nur einfach besetzt. Claudia würde morgen dran sein. Auch ihre Schützlinge ließen es ruhig angehen. Einige waren in den nahe gelegenen Supermarkt gegangen und hatten sich etwas Grillkohle und ein wenig Fleisch besorgt.

Zum Glück diesmal nur Geflügel, dachte Stefan. Dann gab es wenigstens keine Diskussionen darüber, ob es ḥalāl ist, wenn ein Schweinekotelett auf dem gleichen Grillrost liege wie das Geflügel, oder doch eher ḥarām. Stefan wusste, solche Diskussionen konnten ausarten, obwohl die meisten, wenn sie länger im Okzident waren, es nicht mehr so genau nahmen mit den islamischen Speisevorschriften.

Er nahm sich die Zeit, die Papiere auf seinem Schreibtisch zu ordnen, und am Ende des Tages war tatsächlich zum ersten Mal seit Langem der Stapel sichtbar kleiner geworden. Er guckte im Flüchtlingsheim nach dem Rechten und kam dabei auch an Waels Unterkunft vorbei.

Die Polizei hatte das kleine Vierbettzimmer mit Flatterband gesperrt, sodass Claudia und Stefan die Zimmergenossen von Wael umquartieren mussten. Zum Glück war der ganz große Flüchtlingsstrom vorbei, sodass ihnen das gelang. Unter den strengen Augen zweier Polizisten hatten die drei Mitbewohner ihre Habseligkeiten mitnehmen dürfen, nicht ohne dass die Beamten alles, was den Raum verließ, genauestens in Augenschein nahmen. Jeder der drei vermisste das eine oder andere – es war wohl in den Händen der Spurensicherung gelandet.

Claudia und Stefan hatten ihre Mühe gehabt, die aufgebrachten Bewohner zu beruhigen. Obwohl es Kleinigkeiten waren, die fehlten – hier mal ein Rasierspiegel, da mal ein Kamm oder ähnliches, viel hatten ihre Schützlinge nicht.

Am Ende hatte Claudia resolut in die Kaffeekasse gegriffen und war mit den Betroffenen zum Supermarkt gefahren. Das Schlimmste war eine Ausgabe des Koran gewesen, die einer vermisst hatte. Ein heiliges Buch, einfach verschwunden. Stefan hatte eher halbherzig beteuern müssen, dass auch die Koran-Ausgabe sicher bei der Spurensicherung sei und nach Abschluss der Ermittlungen unbeschadet in einem hygienischen kleinen Beutel seinen Weg zurück zu seinem Besitzer finden würde.

Nun stand er nachdenklich vor dem Absperrband, betrachtete das Polizeisiegel an der Tür und musste wieder an Wael denken. Viel hatte er ja nicht erreicht. Er stellte sich vor, wie sein Schützling ängstlich in einer Zelle hockte in einem Land, dessen Sprache er immer noch nur in Bruchstücken verstand. Verhaftet von einer Staatsmacht aus Gründen, die er nicht kannte. Er empfand Mitleid für Wael, kannte er ihn doch gut genug, um zu wissen, wie er sich fühlen musste. Ich muss einfach was unternehmen, dachte Stefan. Aber was?

Stefan musste sich eingestehen, dass er nicht die geringste Ahnung hatte, wie er den Mörder finden sollte. Gut, da war noch dieser Bernhard Döring. Ich greife nach einem Strohhalm, dachte er. Aber vielleicht ist da was. Er guckte ins Telefonbuch von Gelsenkirchen. Tatsächlich, da stand sein Name. Ob er das wohl ist, fragte sich Stefan. Andererseits war der Name nicht so häufig – und so unwahrscheinlich war es ja auch nicht, dass ein Fanclub-Vertreter seinen Wohnsitz in Gelsenkirchen hatte. Sogar eine Adresse stand dabei. In Resse, gar nicht mal so weit vom Flüchtlingsheim.

* * *

Stefan schloss das Büro ab, stieg ins Auto, drehte aber den Zündschlüssel noch nicht. Soll ich es versuchen, fragte er sich. Andererseits, was habe ich zu verlieren? Nichts. Aber Wael hatte viel zu gewinnen. Nun startete er seinen Corsa und das unwillkommene Licht der Inspektionslampe schien ihn anzugrinsen. Seit dem letzten Ölwechsel leuchtete es munter vor sich hin, egal, was die Werkstatt versucht hatte. Selbst in Rüsselsheim hatte der Mechaniker angerufen, aber weil er kein Vertragshändler war, hatten die sich keine Mühe gegeben, groß zu helfen. Er solle halt mal zu einem Opel-Vertragspartner fahren, wurde ihm beschieden. Das war's, und seitdem leuchtete die Lampe munter vor sich hin. Sonja hatte schon gewitzelt, bei einem Opel sei eine Warnlampe halt als Teil der Innenbeleuchtung gedacht.

Es war Wochenende – und so brauchte Stefan nur zehn Minuten, bis er vor dem kleinen Reihenhaus stand, in dem Döring seine Residenz hatte. Er klingelte und die Tür ging sofort auf, ohne dass die Gegensprechanlage betätigt wurde. Vor ihm stand ein Mann mittleren Alters, bekleidet mit einer Jogginghose und einem T-Shirt. Offensichtlich war er auf Besuch nicht vorbereitet.

„Bernhard Döring?", fragte Stefan.

„Der bin ich." Döring guckte fragend.

„Stefan Dobretzky mein Name. Ich habe ein paar Fragen zum Mord an Karl Stancky", eröffnete ihm Stefan. Ich habe wohl zu viele Derrick-Krimis gesehen, dachte er. Aber mir fährt wohl niemand den Wagen vor.

„Kommen Sie rein."

Stefan nahm auf der Couch mit dem grauen Überzug Platz, wie Döring ihm geheißen hatte. „Sie haben von dem Mord gehört?"

„Wer hat das nicht."

„Können Sie mir etwas dazu sagen?"

„Nein."

Wenn das Gespräch weitergehen soll, muss mir etwas einfallen. „Wo waren Sie in der fraglichen Nacht?" Eindeutig zu viele Krimis.

„Zu Hause. Und bevor Sie fragen: Dafür gibt es keine Zeugen. Ich wohne allein."

„In welchem Verhältnis standen Sie zu dem Verstorbenen?"

„Wir sind – waren – beide im Fanclub-Verband. Er war der Kartenbeauftragte und ich war Aufsichtsratsvorsitzender. Sehen Sie, ich will auch nichts verschweigen, sonst mache ich mich ja verdächtig. Das Verhältnis zwischen mir und Karl war nicht das beste. Wie überhaupt mit dem ganzen Vorstand."

„Warum?"

„Weil ich meinem Amt nachgehen wollte. Sehen Sie, ich bin vor wenigen Monaten in den Aufsichtsrat gewählt worden. Für mich heißt das, dass ich kontrollieren soll, welche Geschäfte der Vorstand so treibt. Also dachte ich mir, gucke ich einmal in die Akten. Doch das wurde mir verweigert – aus fadenscheinigen Gründen. Ich beharrte darauf, und ebenso beharrlich weigerte sich der Vorstand, mir Auskunft zu geben. Sehen Sie, so kann ich doch mein Amt nicht erfüllen! Am Ende gab ein Wort das andere und ich muss zugeben, dass ich mich hoffnungslos mit dem Vorstand überworfen habe. Karl hat dabei aber eher eine untergeordnete Rolle gespielt, der war nur ein kleines Licht." Er lachte humorlos. „Und falls Sie mir jetzt ein Motiv für einen Mord unterjubeln wollen: Ich habe keines. Ich kann nicht sagen, dass ich ihn besonders geschätzt habe, aber gehasst habe ich ihn auch nicht."

Stefan war ratlos. Er wusste nicht, ob das reichte, Döring zu entlasten, aber es wusste auch nicht, ob er jetzt eine Spur hatte – und selbst wenn, war ihm nicht klar, wie er sie weiter verfolgen sollte. „Ja, dann danke. Entschuldigen Sie die Störung." Erst als Stefan wieder zu seinem Opel schritt, wurde ihm bewusst, dass er eigentlich gar nicht gesagt hatte, warum er solche Fragen stellte.

Mona ermittelt (2)

Jonas war früh gegangen. Mona hatte sich schlafend gestellt, weil sie immer noch keine Lust auf Sex hatte. Als er zur Tür heraus war, drehte sie sich noch einmal um. Wenigstens hatte sie heute dienstfrei. Zu wenig Zeit, dachte sie, morgen ist ja schon wieder Großkampftag. Großkampftag hatte Jonas vermutlich heute auch, aber er meinte das wörtlicher. Auch das kotzte sie an, heute noch mehr als sonst. Sie strich sich die Haare aus dem Gesicht. Ach, immer noch braun. Wegen des Streits hatte sie gestern ganz vergessen, dass sie noch die Farbe aus ihren Haaren waschen wollte. Na, hoffentlich ging das noch raus.

Es ging nicht, obwohl sich das Duschwasser braun gefärbt und sie schon befürchtet hatte, den Tag damit zuzubringen, die Dusche von der Farbe zu reinigen. Doch es kam noch schlimmer: Ihre Haare wurden nicht wieder blond. Sie hatten einen deutlichen Stich ins Orange. Fassungslos starrte Mona ihr Spiegelbild an, unfähig, sich zu rühren. Dann schmiss sie sich mit Tränen in den Augen im Handtuch aufs Bett, roch noch Jonas' Duft und begann zu heulen.

Es dauerte eine Weile, bis Mona sich wieder beruhigte hatte. So kann ich doch nicht vor die Tür gehen, dachte sie.

Zum Glück musste sie das auch nicht. Der Kühlschrank war voll und sie hatte ja dienstfrei. Zum einen, weil Samstag war, zum anderen, weil sie morgen Einsatz hatte und in diesem Fall ein freier Tag, wenn nur irgend möglich, Vorschrift war. Dann kann ich ja auch lernen, dachte sie. Bin eh im Rückstand. Sie setzte sich an ihren Schreibtisch, konnte sich aber nicht so recht auf das Buch konzentrieren, das ihr beibringen sollte, wie man korrekt ermittelt. Gelangweilt fuhr sie ihr Notebook hoch und klickte sich durch ein paar Seiten, die ihr gerade in den Sinn kamen, doch auch daran verlor sie rasch die Lust. Zu viele Eindrücke geisterten noch durch ihren Kopf und ließen sie nicht entspannen. Da kam ihr die Sache von gestern in den Sinn. Bernhard Döring, dachte sie. Kann ich ja mal googeln.

Er war im Aufsichtsrat des Fanclub-Verbands gewesen, fand sie heraus. Aber auf deren Internetseiten fand sie ihn gar nicht unter „Gremien". Der Aufsichtsrat war mit all seinen Mitgliedern aufgelistet, sein Name fehlte. Ging ja schnell, dachte sie. Sie war gerade dabei, alle Fenster im Browser zu schließen, da streifte ihr Blick die weiter unten stehenden Suchergebnisse. Irgendeine obskure Fanseite hatte getitelt: „Streit im Dachverband". Sie klickte drauf und las, geschrieben in ungelenker Sprache und garniert mit dem einen oder anderen Rechtschreibfehler.

Offensichtlich hatte Döring dem Vorstand vorgeworfen, nicht sauber mit den Geldern des Fanclub-Verbands umgegangen zu sein und Einsicht in die Akten verlangt. Dies hatte der Vorstand verweigert, weil es nicht Aufgabe eines Aufsichtsrats sei.

Mona schüttelte den Kopf. Eigentlich hatte sie sich genau das unter dem Job eines Aufsichtsrats vorgestellt. Döring hatte daraufhin gedroht, die Einsicht in die Akten per Gericht erzwingen zu wollen. Daraufhin hatte der Vorstand ihn „suspendiert", wie es hieß. Mehr war dem Artikel nicht zu entnehmen. Guck mal einer an, dachte Mona. Den Namen muss ich mir merken. Vielleicht steht ja was in den Akten. An eine Zeugenaussage von ihm konnte sie sich nicht erinnern, aber das hieß nicht unbedingt etwas. Schließlich waren so viele aus dem Fanclub vernommen worden. Sie würde das mal nachprüfen. Aber nicht heute. Schließlich hatte sie frei. Sie blickte wieder zu ihrem Lehrbuch, das sie mahnend anzustarren schien. Mona seufzte. Na gut.

An der Glückauf-Kampfbahn

Früher, als sie noch selbst zu den Spielen ging, hatte Mona Fußball gemocht. Jetzt ging sie zwar auch noch zu den Spielen, aber nicht, um Fußball zu gucken. An Spieltagen war Urlaubssperre, nahezu alle Einsatzkräfte der Umgebung waren versammelt, um die Fans im Auge zu behalten und die Ultras und ihre Unterstützer zum Stadion und zurück zu begleiten. Und das an einem Sonntag.

Zusammen mit zahlreichen Kollegen stand sie in voller Schutzmontur über der Glückauf-Kampfbahn, wo es im Sommer immer einen „Fan-Treff" gab. Was man so Fan-Treff nannte. Vor allem junge Fans mit ausgeprägten Sympathien für die Ultras verirrten sich dorthin, stellte sie fest, als sie sich umsah.

Mona schwitze ein wenig in ihrer Uniform; die Kunststoff-Schutzausrüstung bedeckte fast den ganzen Körper und ließ kaum zu, dass die Luft ihren Körper abkühlte. Eher gelangweilt als aufmerksam beobachtete sie, wie die Leute von der nahe gelegenen S-Bahn-Haltestelle zum alten Stadion wanderten.

Ihre orangefarbenen Haare hatte sie diesmal zusammen-
gebunden und gehofft, sie unter der Polizeimütze verstecken
zu können. Aber ihr Haar war einfach zu lang, musste sie
feststellen. Schon morgens beim Treff hatte Mike sie nur an-
gegrinst und gesagt: „Hübsch siehst du aus." Jetzt stand er
mit einem jungen Kollegen zusammen, dem Mona eher selten begegnet war. Ehrlich gesagt, hatte sie sogar versucht zu
vermeiden, mit ihm alleine im Raum zu sein. Christian hieß
er, war schon ein Jahr länger bei der Polizei und ließ nichts
unversucht, alles anzubaggern, was nicht schnell genug das
Weite suchte oder ihm eine Ohrfeige verpasste.

Dabei fand sie seine blasse Haut und die knallroten Haare
nicht einmal so abstoßend wie seinen Charakter. Bildete sich
Gott-weiß-was ein. Was das sein sollte, konnte Mona sich nicht
vorstellen. Mike tuschelte mit Christian, zeigte in ihre Richtung und beide lachten. Dabei hatte ausgerechnet dieser Flam-
menkopp es nötig, sich über ihre Haarfarbe lustig zu machen.
Mona beschloss, am nächsten Morgen noch ein wenig früher
aufzustehen und etwas wegen ihrer Haare zu unternehmen.

„Es geht los!" Der Führer ihrer Staffel rief. Die Ultras und
ihr Anhang hatten sich an dem Aufgang zur Glückauf-
Kampfbahn versammelt. Mona und ihre Kollegen machten
den Weg frei und gingen langsam vor in Richtung S-Bahn.
Dort sollte der Einsatzzug kommen, der die ganze Meute geschlossen zum Stadion beförderte. Vorne in der ersten Reihe
gingen ein paar Mordskerle. Mona kannte sich gut genug in
der Szene aus, um zu vermuten, dass die Hälfte von denen
das Stadion nicht betreten durfte und gleich wieder umdrehen
würde, nachdem sie den Mob in der Bahn abgeliefert hatten.
Denn direkt hinter der S-Bahn-Station am Stadion begann für
die Fans mit Stadionverbot „das verbotene Gelände", das sie
nicht betreten durften. Anordnung des Vereins auf Wunsch
der szenekundigen Beamten.

Mona wusste, dass ihre Kollegen jede Gelegenheit nutzten, um jemanden ein Stadionverbot anzuhängen. Schon ein eingeleitetes Ermittlungsverfahren reichte schließlich, damit der Verein – oder, wenn der nicht willig war, was Schalke oft genug nicht war, der Deutsche Fußballbund – ein Stadionverbot verhängte. Urteile kamen selten genug dabei heraus, wie sie von Jonas wusste. Und von ihren Kollegen, die gerne häufiger Urteile gesehen hätten.

Aber pfiffige Anwälte sorgten schon dafür, dass die Kategorie-B- und -C-Fans[2] oft genug davonkamen. Und Mona wusste auch: Ihre Kollegen waren sehr großzügig mit der Wahrheit in ihren Zeugenaussagen, damit nur ja etwas hängenblieb. Oft genug hatten sich ihre Kollegen auf der Wache abgeklatscht, wenn sie vor Gericht die Verurteilung von Fans erreicht hatten.

Es war – wieder einmal – ein Hochsicherheitsspiel ausgerufen worden, denn Hertha Berlin war zu Gast. Die hatten Schalke zu ihrem Erzfeind erkoren, ein Hass, der in dieser Intensität von den Schalker „Problem-Fans" nicht geteilt wurde. Die hatten schließlich ihren Erzfeind im wenige Kilometer entfernten Dortmund. Und im nahen Essen. Und im nicht einmal hundert Kilometer entfernten Köln. Schon lustig, dachte Mona, früher habe ich diese Ansicht geteilt. Jetzt ist es mir egal. So egal, wie den Schalkern die Herthaner waren.

Weil sie und ihr Tross aber vorneweg gingen und auch den Pulk links und rechts begleiteten, war es eigentlich unvermeidbar, was folgte: „Hass! Hass! Hass wie noch nie!", skan-

---

[2] *Die „Zentrale Informationsstelle Sporteinsätze" (ZIS), früher „Datei Gewalttäter Sport" unterscheidet drei Kategorien von Fußballfans: A – „normale", B – „gewaltbereite" und C – „gewaltsuchende". Grundlage sind subjektive Einschätzungen „szenekundiger Beamter", die es in jedem Kommissariat gibt, wo ein größerer oder auch kleinerer Fußballverein ansässig ist.*

dierte der Pulk. „*All cops are bastards! A - C - A - B!*" Ebenso unvermeidlich folgte der Befehl an die Einsatzkräfte: „Helme auf!" Sie sah, wie die Einheit mit den Pfeffersprays sich bereit machte. Und sie bemerkte, wie viele ihrer Kollegen sehr aufmerksam die Meute musterten. Machte vielleicht einer den Fehler, beim Skandieren gezielt einen Kollegen anzugucken? Oder machte einer auch nur den Eindruck? Gerade erst neulich war ein Rundschreiben verbreitet worden. Das Bundesverfassungsgericht hatte geurteilt, dass der Schriftzug „*All cops are bastards*" und auch entsprechende Rufe keine Beamtenbeleidigung darstellten, sondern unter „freie Meinungsäußerung" fielen.

Viele ihrer Kollegen hatten sich darüber erst aufgeregt, bis das Rundschreiben kam. Das bot eine Hintertür: Wenn beispielsweise jemand auf den ominösen Schriftzug tippte und dabei einen Polizisten angrinste, dann war eben nicht die Polizei als Institution gemeint, sondern unter Umständen der entsprechende Kollege. Und der durfte sich dann beleidigt fühlen und Anzeige erstatten. Ihre Kollegen legten das mittlerweile so aus, dass es schon reichte, „*ACAB*" zu rufen und einen anzugucken, um Anzeige zu erstatten. Mona fand das albern. Als ob sie nichts Besseres zu tun hätten, als sich selbst noch mehr Arbeit aufzuhalsen.

Mona war bei den Beamten, die die Straße absperren sollten, damit der Mob über die doppelte Fahrspur zur Haltestelle kam. Diejenigen mit Fahnen, Trommeln, Lautsprechern oder Megafonen gingen über die Fußgängerampel, auch wenn diese nicht grün zeigte. Viele andere sprangen und kletterten über die niedrigen Glasabsperrungen, die die Haltestelle von der Straße trennten, und gingen dann über die Gleise auf die andere Seite, die zur Arena führte. Viele drängelten, doch dann griff offensichtlich jemand ein und sorgte dafür, dass die mit den Fahnen eine Gasse bekamen.

Anscheinend hatte sie diesmal keiner erkannt. Sie hatte schon manches mal jemanden „Bullenschlampe" oder einfach „Fotze" hinter sich herrufen hören und auch schon mal Speichelreste an ihrer Uniform gefunden. Diesmal hatte sie wohl Glück gehabt. Sie war aber auch nie im engeren Kreis der Ultras gewesen, nur mit ihren damaligen Freunden im „Umfeld". Doch sie zweifelte nicht daran, dass ihr Name und ihr Gesicht mittlerweile bei fast allen Ultras bekannt waren.

Endlich fuhr die Bahn ab und sie konnten ihre Helme wieder abnehmen. Sie würden sich jetzt alle in ihren Einsatzwagen in der Nähe des Stadions versammeln, außer Sicht der Fußballfans. Das war jetzt auch so eine Neuerung. Vor zwei Jahren hatte es noch geheißen, man müsse „Stärke zeigen" und „präsent sein". Von „ganz oben" sei die Order gekommen, hatten die Kollegen ihr berichtet.

Doch dann die Kehrtwende. Am Rande hatte Mona verfolgt, dass es wohl im Landtag zum Eklat gekommen war. Die Einsatzstunden der Polizei hatten sich derart aufgehäuft, dass die Opposition den Innenminister „gegrillt" hatte. Am Ende hatte sich das Thema mit dem Regierungswechsel in Nordrhein-Westfalen erledigt. Mancher spekulierte, der nicht nur hierbei unglücklich agierende Innenminister sei einer der Gründe für die SPD-Niederlage gewesen.

Über die neue Variante waren Monas Kollegen gar nicht so böse gewesen, hatten sie doch zuvor gar nicht mehr gewusst, wie sie die Überstunden abfeiern sollten. Einige hatten gemeint, ihre Kinder würden sie nicht mehr erkennen und ihre Partnerinnen hätten langsam aber sicher jedes Verständnis verloren. Mona konnte das sogar ein wenig nachvollziehen, denn obwohl Jonas an Spieltagen auch immer „unterwegs" war, hatte sogar er sich schon beklagt, dass sie nie da sei, wenn er nach Hause kam, manches Mal mit einer Verletzung. Sogar einmal mit einer gebrochenen Hand. Dann war er voller Adrenalin gewesen und sie musste zugeben, der Sex war dann immer besonders gut. Viel häufiger allerdings war er „unverrichteter Dinge" zu ihr gekommen. Dann musste er seine überschüssige Energie bei ihr loswerden, was auch nicht das Schlechteste war. Ach, Jonas ...

Das Spiel bedeutete für Mona und alle eine Pause. Mit ihrer Thermoskanne Tee und einem belegten Brötchen aus dem Mannschaftswagen war sie zu Franz spaziert. Der saß entspannt auf einem Findling und genoss die Sonne, die ihm ins Gesicht schien. Im Hintergrund lief das Radio. WDR 2.

„Franz?" Von ihr ließ er sich offensichtlich immer gerne stören. Eigentlich hatte sie noch nie erlebt, dass er nicht nett zu ihr gewesen wäre.

„Ja?"

Sie berichtete ihm, dass sie einen Verdacht hätte. Ob er sich erinnern würde, dass die Aussage eines Bernhard Döring in den Unterlagen gewesen sein. Nein, beschied er ihr. „Wie kommst du darauf?"

Jetzt hatte Mona ein Problem. Die Wahrheit über ihre kleine Exkursion zum Dachverband konnte sie ihm schlecht berichten. „Ich habe ein wenig gegoogelt", sagte sie lahm. „Mir ist aufgefallen, dass der auch im Dachverband war und wohl Ärger mit dem Vorstand und unserem Opfer hatte."

Franz schien mäßig interessiert, versuchte aber offensichtlich, sich das nicht anmerken zu lassen. „Bernhard Döring", sagte er und schien nachzudenken. „Nein, kann mich nicht erinnern. Wir können ja morgen mal nachgucken, wenn du willst."

„Ja, danke!"

Sie beschloss, das Thema lieber nicht zu vertiefen, bevor er noch Fragen stellte, und schlenderte zurück. Außerdem wollte sie auch noch ein wenig die Sonne genießen. Vielleicht blich sie ja sogar ein wenig ihre verdammten Haare aus.

Bei Mona (3)

Als Mona endlich nach Hause kam, war es schon spät. Auf dem Rückweg vom Stadion zur S-Bahn hatte es mehrere Zwischenfälle gegeben. Ganz klar wurden ihr die Zusammenhänge nicht. Vielleicht hatten die Ultras ein paar gegnerische Fans gesehen und waren durch die Polizeikette um sie herum ausgebrochen, um auf die Gegner loszustürmen, vermutete sie einfach mal. Oder ein paar ihrer Kollegen waren wieder einmal übermotiviert, hatten Samenstau und einfach die Lage mal so interpretiert, dass sie einen Grund hatten, wahllos dreinzuschlagen.

Die Situation war schnell unübersichtlich geworden, überall dunkel gekleidete Gestalten, dazwischen gebrüllte Kommandos vom Einsatzleiter und am Ende feuerten ihre Kollegen wahllos mit Pfefferspray in die Menge, um das Ganze wieder unter Kontrolle zu bekommen. Weil sie nur allzu genau wusste, „wie Pfeffer schmeckte", hatte sie rasch das Visier des Helms heruntergeklappt, um nicht Opfer von *„friendly fire"* zu werden. Das kam oft genug vor. Hinterher schrieb dann der Pressesprecher der Polizei, dass so und so viele Kollegen verletzt worden seien, und verschwieg dabei, von wem. Am Ende empörte sich die Presse dann wie gewünscht darüber, wie gewalttätig Fußballfans seien, dass sie sogar Beamte angriffen.

Als die Lage sich beruhigt hatte, mussten sie den Ultra-Tross die ganze Zeit begleiten. Sie und ihre Kollegen sperrten den Zugang zur Glückauf-Kampfbahn ab. Das gab ziemliches Gemurre und Diskussionen mit einigen Fans, die nach Hause wollten und nicht verstanden, dass jetzt noch niemand gehen durfte. Endlich, fast eine Stunde später, kam die Nachricht, dass die Auswärts-Fans jetzt alle im Sonderzug nach Hause saßen und damit keine Gefahr drohte. Dennoch sollten alle

Streifen noch zwei Stunden durch das Stadtgebiet patrouillieren, damit es nicht doch noch versprengten Trüppchen gelang, das Versäumte nachzuholen. Aber es blieb alles ruhig. Trotzdem wurde es mit ihrem Feierabend deutlich später als gedacht. Sie war seit zehn Uhr auf den Beinen – und dreizehn Stunden später wollte sie einfach nur ins Bett. Schlafen.

* * *

Ins Bett wollte Jonas offensichtlich auch, aber aus anderen Gründen. Er lümmelte auf einem Küchenstuhl herum, vor ihm vier leere Flaschen Bier. Die fünfte hatte er in der Hand; viel war nicht mehr davon übrig. Er trug nichts als einen engen schwarzen Slip, unter dem sich deutlich sein Schwanz und seine Eier abzeichneten.

Unter anderen Umständen hätte Mona den Anblick genossen, der sich ihr bot, und sich auch nicht entgehen lassen, was er da so präsentierte. Zumal der Küchentisch einiges aushielt, wie beide schon festgestellt hatten. Aber nicht heute. Außerdem war der Küchentisch voll mit Bierflaschen und dem Müll diverser Powerriegel, die er gerne in sich hineinstopfte. „Kannst du nicht aufräumen?", blaffte sie ihn an. „Das ist hier nicht dein Zuhause! Ich habe keinen Bock, hinter dir herzuräumen!"

„Boa, stell dich nicht so an! Ist doch scheißegal!", bellte er zurück. Als sie nichts erwiderte, dämpfte er seine Stimme wieder. „Was ist denn jetzt schon wieder los?"

Mona erzählte ihm von ihrem Scheißtag, von dem elend langen Einsatz. „Augen auf bei der Berufswahl", scherzte er, verstummte aber schnell, als er merkte, dass sie wirklich sauer war.

„Komm, lass uns ins Bett gehen", lockte Jonas.

„Du stinkst nach Bier. Und geduscht hast du anscheinend

auch nicht. Ich habe keinen Bock, den Sackschweiß von deinen Eiern zu lecken."

Jetzt wurde auch er sauer. „Was soll denn der Scheiß?"

„Ich habe einfach keinen Bock. Das ist alles."

„Moment mal. Ist dir schon wieder dieser Scheißtyp über den Weg gelaufen?"

„Was hat der denn damit zu tun?"

„Also ja."

„Nein!", schrie sie.

Er wurde ruhig und sehr ernst. „Schau mir in die Augen. Hat das wirklich nichts mit dem Kerl zu tun?"

Sie blickte nach unten. Was sollte diese Frage?"

„Also doch. Soll das heißen, nur weil so ein Typ dir laufend über den Weg läuft, kann ich dich nicht ficken?"

„Ja, genau das heißt das!" Mona wusste selbst nicht, was in sie gefahren war.

„Leck mich!", rief er, fuhr in seine Klamotten und schnappte sich seine Tasche. „Ich geh nach Hause."

„Ich lecke dich eben nicht!", rief sie der zuschnappenden Tür hinterher. Und begann zu heulen. Warum stritt sie sich mit Jonas? Wegen diesem Dobretz-Arsch? Wütend fegte sie mit der Hand über den Tisch, so dass alle Flaschen umfielen. Eine knallte auf den Fliesenboden und zerbarst. Toll, dachte sie, jetzt darf ich auch noch Scherben wegräumen, statt mich mit Jonas auf dem Küchenboden zu wälzen. Oh Gott, dachte sie, jetzt klinge ich schon wie eins der Flittchen aus seinen Pornos.

Die Kommission (4)

Für Montagmorgen war die nächste Sitzung der Mordkommission anberaumt. Am Wochenende hatte keine stattgefunden,

Schmidt meinte, es gebe keine Veranlassung, am Wochenende Überstunden zu produzieren, wenn es nichts Neues gab.

Mona war nach einer unruhigen Nacht früh aufgestanden und fühlte sich wie gerädert. Schlaf hatte sie kaum finden können. Immer wieder war sie in Gedanken den Streit mit Jonas durchgegangen. Und den Mord. Sie wollte sich nicht eingestehen, dass gerade die Tatsache, dass er zu dauerndem Streit mit ihrem starken Mann führte, sie noch mehr in den Fall hineintrieb. Sie hatte ihn zu ihrem Fall gemacht, redete sich aber ein, das hänge mit ihrem Pflichtbewusstsein zusammen und dass es ihre erste – und vermutlich für lange Zeit einzige – Mordkommission war. Darauf konnte sie stolz sein, verdammt! Und darum hatte sie die verdammte Pflicht und Schuldigkeit, ihr Bestes zu geben. Darum war sie schließlich zur Polizei gegangen und nicht, um besoffene Kerle von ihren Ehefrauen zu trennen.

Um acht Uhr stand sie vor dem Drogeriemarkt. Zu. Der öffnete erst um zehn, verkündete das Türschild. Ich hätte wirklich einfach die Öffnungszeiten im Internet nachgucken können. Nicht einmal so banale Dinge konnte sie recherchieren. Sie schob es auf ihre Müdigkeit. Es half nichts, sie musste mit orangefarbenen Haaren zum Dienst.

Schmidt guckte etwas irritiert, als er sie ohne Mütze und damit die Farbe ihrer Haare sah. Sie befürchtete schon ein Donnerwetter, dass sie so zum Dienst erschien. Sie repräsentierte schließlich die Polizei, da gab es für solche Sperenzchen keinen Raum. Das war ihr immer wieder eingebläut worden. Selbst Tattoos musste man im Dienst verdecken, wurde ihr gesagt. Aber ihres war ja zum Glück an einer Stelle, die nur Jonas zu sehen bekam.

Aber Schmidt hatte einen Knaller parat. Kein Wunder, dass er sich nicht so sehr für ihr Haar interessierte. „Die Ergebnisse der Spurensicherung liegen vor." Der KHK guckte in die Runde. „Die Schuhe, die wir bei dem Beschuldigten gefunden haben, passen nicht zu den zahlreichen Profilabdrücken, die die Spurensicherung im Schlamm um das Opfer festgestellt hat. Es gibt auch keine Schlammspuren an den Schuhen des vermeintlichen Täters."

„Dann hat er die vielleicht weggeworfen?" Mike und seine große Klappe.

„Davon gehe ich nicht aus, aber sie haben natürlich recht. Ich schlage vor, Sie durchsuchen alle Müllcontainer der näheren Umgebung."

Scheiße, dachte Mona. Wenn er die durchsuchen soll, dann heißt das, Franz und ich sind dabei. Das hat mir gerade noch gefehlt. Den ganzen Tag in stinkendem Müll herumwühlen.

„Aber ...", versuchte Mike einen Widerspruch.

„Ja, mir ist klar, dass das einige Zeit in Anspruch nehmen wird. Ich schlage vor, Sie fangen direkt nach der Sitzung an."

Einer nach dem anderen in der Runde wurde abgefragt, aber wieder hatte niemand etwas Wesentliches zu berichten.

* * *

„Also, der erste Müllcontainer. Mona ... "

„Oh, entschuldige, sie würde dir wirklich gerne helfen, aber du weißt ja, der Hauptkommissar hat dich damit beauftragt, die Container zu durchsuchen", sprang Franz ihr zur Seite. „Ich bleibe so lange im Wagen und passe auf, dass wir nicht zu einem Einsatz gerufen werden. Und Mona muss noch dringend ein paar Lektionen in Sachen Polizeifunk lernen, da ist sie unabkömmlich."

Mike lief rot an. „Ihr könnt mich doch nicht ... "

„Doch!" So hatte Mona Franz selten erlebt. „Doch, wir können. Tut deiner großen Klappe wirklich gut. Du kannst auch einfach mal in der Sitzung die Fresse halten." Und damit drehte sich Franz um und ging zurück zum Dienstfahrzeug. Mona beeilte sich, hinterherzuhasten. Beide ignorierten Mikes Gebrüll in ihrem Rücken. Aus der Ferne beobachteten sie amüsiert, wie Mike unter Mühen seinen massiven Körper in den weißen Schutzanzug zwängte und sich dann vorsichtig dem Müllcontainer näherte.

„So wird er nicht viel finden", meinte Mona.

„Was soll's", lächelte Franz. „Wir wissen doch beide, dass da keine Schuhe zu finden sind, zumindest nicht die vom Täter. Das ist doch alles nur eine fixe Idee von ihm. Er hasst Ausländer und würde ihnen gerne die Schuld an allem in die Schuhe schieben, vermutlich auch an der Niederlage im Zweiten Weltkrieg und seiner beschissenen Kindheit." Mona lachte.

Stefan ermittelt

Schon wieder klingelte der Radiowecker. Viel zu früh, dachte Stefan. Den ganzen Sonntag war er rastlos durch seine Wohnung gelaufen und konnte sich nicht konzentrieren. Er fühlte sich wie gelähmt, weil er einfach nicht wusste, wie er Wael noch helfen sollte. Selbst die russischen Reis-Hackbällchen waren ihm misslungen und einfach in der Soße zerbröselt, weil er zu heftig umgerührt oder den Herd zu hoch gestellt hatte. Sie schmeckten dennoch, aber so etwas durfte ihm einfach nicht passieren. Auf seine Kochkünste bildete er sich einiges ein.

„Guten Morgen. Der Polizeikessel gestern an der Glück-auf-Kampfbahn hat zu heftigen Diskussionen geführt." Stefan hielt inne und hörte auf, Cannabis in den Tabak zu bröseln. Eigentlich interessierten ihn weder Rotlichtnachrichten noch Nachrichten rund um den Fußball besonders – schon gar nicht die Kombination aus beidem –, aber jetzt gerade, wo er doch im Fußballumfeld „ermittelte", war das etwas anderes.

„Am Telefon ist Herbert Przyzalla vom Schalker Fan-Projekt. Herr Przyzalla, Sie haben die Ereignisse gestern live verfolgt?"

„Ja. Das Eingreifen der Polizei war völlig unverhältnismäßig. Das kann ich Ihnen aus eigener Beobachtung und Erfahrung sagen."

„Was ist denn vorgefallen?", fragte der Moderator.

„Nichts. Deswegen verstehe ich den Einsatz umso weniger. Wir wurden grundlos an der Glückauf-Kampfbahn eingekesselt. Die Polizei hat die Fans einen nach dem anderen gehen lassen, aber erst, nachdem sie von allen die Personalien festgestellt hatte. Darunter waren auch zahlreiche Minderjährige ohne Begleitung Erwachsener. Ich muss Ihnen nicht sagen, dass das rechtswidrig ist."

„Laut dem Polizeibericht ist es zu Ausschreitungen gekommen, sodass die Einsatzkräfte eine Personalienfeststellung machen mussten."

„Von Ausschreitungen kann gar keine Rede sein. Hier am Fan-Projekt ist alles ruhig gewesen. Wie gesagt, eine völlig unverhältnismäßige Maßnahme. Wir haben bereits protestiert. Sie wissen ja, dass wir uns um sogenannte Problem-Fans kümmern. Wenn dieses Beispiel Schule macht, können wir unsere Arbeit hier einstellen. Deshalb habe ich erst recht kein Verständnis für solche Übergriffe."

„Vielen Dank, Herr Przyzalla."

„Entschuldigen Sie, ich möchte noch etwas hinzufügen. Wir haben als Fan-Projekt versucht, zu vermitteln. Aber selbst unsere vom DFB ausgestellten Ausweise haben nichts geholfen. Ganz im Gegenteil, einige unserer Mitarbeiter haben selbst Pfefferspray abbekommen. Der Polizei war es egal, dass wir in offizieller Funktion vor Ort gewesen sind."

„Vielen Dank für die Ergänzung. Wir sprachen mit Herbert Przyzalla vom Schalker Fan-Projekt. Die weiteren Nachrichten ... " Stefan hörte nicht mehr zu. Der Rest war wirklich sehr lokal und damit, wie er es gerne für sich übersetzte, ziemlich uninteressant. Vielleicht sollte er beizeiten mal den Sender wechseln, der ihm jeden Tag aufs Neue den Morgen versaute.

Zug um Zug inhalierte er seinen Joint, während er grübelte. Dann kam er zu einem Entschluss und griff zum Telefon. „Claudia?"

„Guten Morgen, Stefan!", flötete sie. „Was ist los?"

„Hömma, stört es dich, wenn ich gleich ein wenig später komme?"

„Kein Problem, alles ruhig. Was ist denn los?"

Er wollte ihr lieber nicht den wahren Grund sagen, weil er ihre bissigen Kommentare so früh am Morgen nicht ertragen konnte. Eigentlich konnte er sie nie ertragen, aber noch weniger am frühen Morgen, bevor er den ersten Kaffee intus hatte. Besser nur die halbe Wahrheit, dachte er. „Ich fahre noch eben zur Glückauf-Kampfbahn. Wollte noch ein paar Sachen wegen des Fußballturniers klären und hab mir gedacht, ich fahre direkt auf dem Weg vorbei."

„Kein Problem! Bring mir ein Kaffeestückchen mit." Sie lachte. Das sagte sie immer und immer überhörte er ihren Wunsch. Das ist fast wie in einer alten Ehe bei uns, dachte er. Laut sagte er: „Alles klar, dann bis später!"

* * *

Als Stefan an der Glückauf-Kampfbahn ankam, fand er das große Tor offen vor. Das war nicht schlecht, dachte er, schließlich ist hier an der Straße überall Halteverbot. Auf dem Gelände allerdings waren genügend Parkplätze vorhanden.

Ob ich hier parken kann, fragte er sich, aber es standen ja bereits zwei Autos dort. Dürfte also kein Problem sein.

Stefan brauchte eine Weile, um den kleinen Eingang zu finden, der versteckt neben der Treppe zu der imposanten Tribüne lag. Hier musste das Fan-Projekt sein. Er stieß sich fast den Kopf an der niedrigen Tür, während er über die größere Schwelle trat. Die Räume unter der Tribüne wirkten ein wenig wie ein Keller – und so unaufgeräumt mit Bierkisten in der Ecke sowie einem großen Kickertisch eher wie ein Hobbykeller.

„Hallo?", rief Stefan. „Ist da jemand?"

Ein großer Mann mit langem Haar, in das sich die ersten grauen Strähnchen mischten, kam ihm entgegen. Herbert Przyzalla vermutlich. „Ja?"

„Stefan Dobretzky." Er streckte ihm die Hand entgegen. „Von der Flüchtlingshilfe. Du bist ... Sie sind Herbert Przyzalla?"

„Der selbige." Er schlug ein. „Wir können aber gerne beim Du bleiben."

„Ja, hi! Ich wollte mich mal ein bisschen umsehen wegen des Turniers."

„Ja, klar, kein Problem. Was willst du denn wissen?"

Herbert führte Stefan erst einmal durch das Gelände. „Hier hinten siehst du unsere Rasenplätze. Sind vielleicht für ein Turnier das beste." Umzäunt von einigen Metallrohren sah Stefan ... Rasen. Offensichtlich in gutem Zustand, vermutete er. „Ja, vermutlich", sagte er. Schließlich wollte er sich keine Blöße geben.

„Wir können uns aber auch eben den Kunstrasen angucken." Herbert führte ihn um die Tribüne herum über einen kleinen Hügel zu den Plätzen. Stefan war nicht ganz bei der Sache. Sein Blick wurde gefangen von der imposanten Tribüne zu seiner Rechten. Ganz schön groß für einen Verein aus den unteren Ligen, dachte er. Andererseits wusste er ja nicht so ganz genau, wo dieses Teutonia Schalke spielte. „Ja, dann wohl den Rasen, oder?"

„Klar, gerne. Was willst du denn sonst noch wissen?"

„Ich dachte, wir könnten anschließend noch grillen. Geht das?"

„Klar, machen die Ultras hier ja auch immer."

Guter Punkt zum Einhaken, dachte Stefan. „Ja ... da gab es wohl gestern Ärger, oder?"

„Allerdings!" Die nächsten Minuten war Herbert damit beschäftigt, sich über den Polizeieinsatz aufzuregen. Stück für Stück konnte Stefan entnehmen, was vorgefallen sein musste. Herbert endete mit den Worten: „Und das ausgerechnet hier am Fan-Projekt."

„Warum ausgerechnet?"

„Weißt du, was wir hier tun?"

„Nein, nicht wirklich, muss ich zugeben. Es hat auch was mit sozialen Projekten zu tun, das entnehme ich dem Haushalt, aber was genau ihr hier tut, weiß ich nicht. Mit dem Sportdezernat haben wir nicht so viel zu tun."

„Wir kümmern uns hier um die sogenannten ‚Problem-Fans'. Jeder große Sportverein hat so etwas."

„Zum Beispiel Ultras?"

„Ja, die auch, aber bei weitem nicht nur die. Wir beraten die hier, das sind naturgemäß Kunden bei uns, wenn sie wieder einmal Probleme mit dem DFB haben."

„Die neigen zu Gewalt, oder?"

Herbert lachte. „Na ja, einige, bei weitem nicht alle. Wenn man Fußball so extrem lebt wie die, dann ist man nicht immer auf einer Linie mit den Gesetzen. Aber meistens ist das eher so, dass die Polizei die Probleme erst schafft, finde ich. Etwas mehr Ruhe auf beiden Seiten würde dem Ganzen sicher guttun und wir hätten hier weniger Arbeit."

„Aber gewaltbereit sind sie dennoch, oder?", insistierte Stefan.

„Manche vielleicht. Ich halte viel von der Unschuldsvermutung. Warum fragst du mich das eigentlich?"

„Na ja, hier ist doch neulich ein Mord passiert, und vielleicht ... "

„Glaub ich nicht. Das waren die ganz sicher nicht. Mal eine Schlägerei und Schals abziehen, das könnte ich mir noch vorstellen – aber ein Mord, sicher nicht. Glaub mir, ich kenne die Jungs, von denen war das sicher keiner. Warum auch?"

„Warum denn nicht?"

„Weil die mit dem Fanclub-Verband nichts am Hut haben. Die halten nichts voneinander – gegenseitig. Weiter kann man nicht auseinander sein. Die Fanclubs sagen, die Ultras machen ihren Sport kaputt, weil sie immer Bengalos zünden und Fahnen klauen und sich prügeln. Die Ultras ignorieren die Fanclubs weitgehend und sagen, den Support machen eigentlich nur sie und die Fanclubs unterstützen weniger die Mannschaft als vielmehr die Bierstände. Aber das ist kein Hass, man geht sich einfach aus dem Weg. Nein, von denen war das sicher keiner."

„Aber vielleicht ... meinst du, du kannst mir ein Gespräch mit denen verschaffen?"

„Nein."

„Nein?"

„Nein. Ich kenne die natürlich alle und ein paar habe ich auch schon beraten, wenn sie SV hatten, aber ... " Herbert sah Stefans Blick und holte aus, „wenn sie Stadionverbot hatten. Aber mit denen wirst du nicht groß reden können. Das geht wenn nur über den Capo", wieder unterbrach Herbert sich, „den Chef von denen. Er wird nicht mit dir reden. Und wenn es darum geht, dass du bei denen den Schnüffler spielst, kannst du das ganz haken. Vergiss es einfach. Und echt, glaub mir, die sind das nicht gewesen."

„Kannst du dir denn sonst jemanden vorstellen, der das gewesen sein könnte?"

„Wieso interessiert dich das eigentlich. Außerdem haben
die doch einen Verdächtigen, einen Flüchtling ..."

„Genau. Ich kann mir nicht vorstellen, dass Wael das gewesen sein soll."

„Okay ... ", sagte Herbert gedehnt. „Mal überlegen. Also,
wenn du einen Täter suchst aus dem Umfeld, dann kommt da
eigentlich nur der Fanclub-Verband in Frage. Allerdings: Ich
würde zwar keinem von denen über den Weg trauen, die sind
nicht echt, aber gleich einen Mord? Das kann ich mir bei
denen auch nicht vorstellen."

Stefan guckte zu Boden. Das war's. Jetzt fiel ihm nichts
mehr ein. Wie hieß es doch bei Sherlock Holmes? Wenn man
alles Unmögliche ausgeschlossen hat, dann wäre das der
Mörder, der übrig blieb. Oder so ähnlich.

Herbert sah Stefan lange an, dann sagte er: „Jetzt möchte
ich dir mal eine Frage stellen: Warum soll es nicht der Flüchtling gewesen sein? Ich meine, hast du irgendwas außer dei-
nem Glauben, dass er es nicht gewesen sein kann?"

Stefan sah weiter auf den Boden, während er den Kopf
schüttelte. „Nein. Eigentlich nicht."

Auf der Wache

Die Mittagspause kam spät, schließlich hatte Mike den einen
oder anderen Müllcontainer durchzuwühlen gehabt. „Irgendwie fehlt ihm gerade die Leidenschaft für den Job", hatte
Mona gesagt. Franz hatte nur gelacht. Die Rückfahrt zum Re-
vier war schweigend verlaufen, bis auf den einen Satz, den
Mike beim Aussteigen ausstieß: „Ich geh' erst mal duschen."

Franz und Mona beschlossen, sich derweil einen Döner zu holen. Schließlich war die Wache im Stadtteil Buer gelegen, nicht weit vom dortigen Nebenzentrum. Auf dem Weg dorthin sah Mona etwas, was ihr Interesse weckte: „Du, geh schon mal vor. Ich nehme eine Lahmacun ohne extra Dönerfleisch, aber mit Käse. Kannst du das für mich bestellen? Ich komme gleich nach."

„Klar", sagte Franz, fragte sie aber nicht nach dem Grund. Auch das mochte sie so an ihm.

Während sie unterwegs waren, hatte Mona ihr orangefarbenes Haar fast vergessen, aber beim Anblick der Drogerie in Buer war es ihr siedend heiß wieder eingefallen. Es wurde Zeit, etwas dagegen zu unternehmen. Unschlüssig stand sie vor dem Regal mit den Produkten, die selbst dem dunkelsten Typ eine blonde Mähne versprachen. „Das würde ich eher lassen!"

Mona kannte die Stimme nicht und schaute auf. Eine kleine runde Frau mit grauen Haaren stand neben ihr. „Habe ich auch mal versucht. Das geht schief. Wenn Sie auf das Orange jetzt noch Wasserstoffperoxid lassen, haben Sie hinterher grünes Haar." Sie kicherte. „Und das wäre ja wohl noch schlimmer als das jetzt." Sie nickte in Richtung Monas Kopf. „Kleiner Tön-Unfall, hmm?"

Mona nickte.

„Wissen Sie was? Da müssen Sie jetzt durch. Am besten nehmen Sie eine dunkle Tönung und decken das Orange einfach damit ab. Ein paar Wochen mit braunen Haaren, dann ein schicker Kurzhaarschnitt und Sie sind bald wieder blond."

„Kurzhaarschnitt?!" Mona war entsetzt.

„Ja, schade um Ihr schönes Haar. Aber glauben Sie mir, anders kriegen Sie das nicht wieder blond."

Mona seufzte, bedankte sich und ging einen Schritt nach links zu den Tönungen.

Nach der Mittagspause standen Schreibarbeiten auf dem Programm. Mona war schon nach einer Stunde fertig. Ob sie es wohl wagen konnte, früher Feierabend zu machen?

Aber andererseits, was sollte sie zu Hause? Jonas war sicher noch unterwegs und außerdem hatten sie ja gerade Streit. Mona hatte eigentlich keine Lust, den gestrigen Abend fortzusetzen.

Da fiel ihr wieder ein, da war doch noch der ... wie hieß er noch? Ach ja, Bernhard Döring. Nichts in den Akten zu finden.

Sie guckte rüber zu Franz. Der wirkte auch nicht gerade so, als ob er mit großer Lust das tat, was er gerade tat. „Franz?"

Er blickte hoch. „Ja?"

„Da ist doch noch dieser Döring, von dem ich dir erzählt habe."

„Ja, richtig."

„Meinst du, wir können mal bei dem vorbeifahren?"

Er zuckte mit den Schultern. „Eigentlich ..." Aber er hatte ihr noch nie einen Wunsch abschlagen können. „Warum nicht. Hol du den Mike und wir treffen uns am Wagen. Die Adresse hast du?"

„Einen Moment!", rief sie und widmete sich dem Computer. „Ja, hier."

* * *

Mike war nicht gerade begeistert, schon wieder auf Achse zu müssen. Immerhin, er roch nach Duschgel statt nach Müllcontainer und war auch gerade mit seiner Pizza fertig geworden. Die Pappschachtel ließ er einfach auf dem Tisch liegen, als er den beiden zum Wagen folgte.

Sie hatten Glück, Döring war zu Hause und öffnete die Tür. „Ja, bitte?"

„Drexler von der Mordkommission", stellte Franz sich vor und führte dann auch die beiden anderen ein. „Wir ermitteln im Tötungsdelikt zu Schaden von Karl Stancky. Sie sind Herr Döring?"

„Der selbige. Haben Sie denn noch Fragen? Eigentlich habe ich Ihrem Kollegen doch schon erzählt, dass ich von dem Mord nichts weiß und Ihnen eigentlich über Karl auch wenig erzählen kann. Und das Wenige habe ich Ihrem Kollegen schon berichtet."

„Unserem Kollegen?" Franz war verwundert.

„Ja, lassen Sie mich überlegen ... nein, der Name fällt mir nicht mehr ein, tut mir leid."

Mona hatte einen bösen Verdacht. „Könnte es vielleicht Stefan Dobretzky gewesen sein?" Franz und Mike sahen sie verwundert an.

Döring strahlte: „Ja, das war der Name!"

Mona sagte leise zu den anderen: „Lasst uns später darüber reden." In Fernsehkrimis klappte das immer, dass das Gegenüber tatsächlich nicht verstand, was man ihm verschweigen wollte. Hier offensichtlich nicht, Döring zog verwundert eine Augenbraue hoch. „Aber bitte, kommen Sie herein."

Die drei klärten Döring auf, dass dieser Herr Dobretzky mitnichten ein Kollege von ihnen gewesen sei. Der grübelte. „Hm, komisch, was wollte der dann hier?" Er überlegte.

„Hat er sich Ihnen gegenüber denn als Polizeibeamter ausgegeben?", drängte Franz.

„Jetzt, wo Sie fragen ... nein, eigentlich nicht. Er stand nur hier vor der Tür und hatte ein paar Fragen zum Mord, da bin ich wohl selbstverständlich davon ausgegangen ... aber nein, gesagt hat er es eigentlich nicht direkt. Ich bin wohl selbst schuld, wenn ich so gutgläubig bin." Er lachte. „Aber ich fürchte, dann muss ich Ihnen wohl alles noch mal erzählen."

Das Gespräch dauerte nur wenige Minuten, inklusive der Personalienaufnahme: Bernhard Döring, 39 Jahre, tätig im Garten- und Landschaftsbau. Dann waren die drei wieder draußen.

„Diesem Sozialarsch setzen wir eine saftige Anzeige an den Hals!", ereiferte sich Mike. „Wegen Amtsanmaßung!"

„Vergiss es", konterte Franz. „Du hast doch gehört, was Döring gesagt hat. Selbst wenn wir das machen, wenn der seine Aussage so vor Gericht wiederholt, stehen wir nur dumm da. Nein, dem kommen wir so nicht bei."

„Schade!" Mona war von sich selbst überrascht, dass sie das sagte.

Bei Mona (4)

Mona war gerade dabei, die Farbreste aus ihrer Dusche zu entfernen, als sie hörte, wie die Tür ging. Jonas natürlich. Sie warf das alte Handtuch in den Wäschekorb und eilte so, wie sie war, aus dem Bad, bekleidet nur mit Slip und T-Shirt. „Jonas ... " Sie stoppte. Was sollte sie sagen?

„Hey Mona." Er war sichtlich auch verlegen. Dann brachte er die Hand hervor, die er bisher hinter seinem breiten Rücken versteckt gehalten hatte. Darin eine rote Rose. „Tut mir leid, irgendwie."

Sie nahm die Rose, wendete sie in der Hand hin und her. Dann sah sie ihm in die Augen, lächelte und fiel ihm um den Hals.

Er umarmte sie, erst vorsichtig, dann mit festem Griff seiner muskulösen Arme. „Friede für immer!" Sanft schob er sie dann ein wenig von sich, besah sich ihre Haare. „Jetzt wieder braune Haare?"

„Frag nicht!" Sie schüttelte den Kopf. „Später. Jetzt sollten wir unsere Versöhnung feiern."

Er grinste. Sie drehte sich in seinem Griff in Richtung Schlafzimmer. Er ließ sich, die Hände noch auf ihren Schultern, dahin führen.

* * *

Man kann sagen, was man will, dachte Mona, während sie sich noch in dem wohligen Gefühl nach einem großartigen Orgasmus sonnte. Versöhnungs-Sex ist doch der beste.

„Schatz?" Er strich sanft über ihre Arme, dann mit dem Handrücken über ihre nackten Brüste. Zärtlich, nicht verlangend diesmal. „Und jetzt erzähl es mir." Er musste gemerkt haben, wie sie sich verspannte. „Wenn du willst", beeilte er sich hinzuzufügen. „Was ist los?"

Und sie erzählte ihm alles, was sie getan und was ihr passiert war. Von ihrer Inkognito-Ermittlung, von den gefärbten Haaren und von diesem Sozialarbeiter. Er lag nur da und hörte ihr aufmerksam zu. Als sie fertig war, drückte er sie wieder. „Arme kleine Mona."

„Klein?" Halb gespielt, halb ernst war ihr Zorn.

Er legte sich auf die Seite und sah sie unverwandt an. „Nein, nicht klein. Eine ganz große." Er machte eine Pause. Dann blickte er ihr in die Augen und sagte sehr ernst: „Ich möchte, dass du glücklich bist. Immer."

Sie lächelte und gab seinem nun schlaffen Penis einen neckischen Stupser. „Hast du doch gerade gemacht."

„Nicht das", sagte er in Gedanken versunken. Sie guckte ihn verwundert an. Er bemerkte ihren Blick, lachte: „Das aber auch!" Er zog sie wieder an sich. Mona merkte, wie ihre Erregung wieder wuchs. Man kann Versöhnung auch zwei Mal feiern, dachte sie. Nur zur Sicherheit. Damit es hält.

Ein Sprengstoffanschlag auf das Flüchtlingsheim

Stefan war spät ins Bett gegangen. Eigentlich hatte er nur den ganzen Abend in der Küche gesessen und einen Joint nach dem anderen geraucht. Ich geb's auf, dachte er immer wieder. Ich kann Wael nicht helfen. Vielleicht ist er es ja wirklich gewesen. Er schämte sich, dass er versagt hatte. Aber was sollte er tun?

Nach nur drei Stunden Schlaf klingelte sein Dienst-Handy. Er hatte Bereitschaft. „Dobretzky, Flüchtlingshilfe?", meldete er sich schlaftrunken.

„Polizei Gelsenkirchen, Obcinsky. Herr Dobretzky, können Sie sofort zur Flüchtlingsunterkunft Scholven kommen?"

Stefan war mit einem Schlag hellwach. „Was ist denn passiert?"

„Es ist wohl besser, Sie kommen direkt hierhin. Alles Weitere dann dort."

* * *

Stefan war schockiert. Überall Polizeiwagen, Blaulicht erhellte die Nacht, wo die starken Scheinwerfer eines Wagens nicht hinleuchten. Flatterband umgab den Eingang zur Unterkunft. Das Tor war sperrangelweit auf.

„Sie können hier nicht rein." Stefan begann, diesen Satz zu hassen.

„Dobretzky mein Name. Sie haben mich angerufen. Ich habe heute Bereitschaftsdienst hier."

„Ah, richtig, mein Kollege hat Sie verständigt. Gehen Sie bitte durch. Dort hinten, der Kollege links."

Stefan folgte dem Zeigefinger des Beamten. Dort stand ein Polizist, der offensichtlich damit beschäftigt war, Anweisungen zu erteilen. „Das ist Hauptkommissar Schmidt. Bitte wenden Sie sich an ihn."

Stefan tat, wie ihm geheißen, stellte sich und seine Funktion vor. Dann fiel sein Blick auf das Flüchtlingsheim. Ein klaffendes Loch gähnte in der Wand zum Büro, Trümmer lagen überall herum, Scheiben waren überall geborsten. Ihm stand der Mund offen.

„Sie sehen richtig." Schmidt war ganz ruhig. „Wir haben Grund zu der Annahme, dass es einen Sprengstoffanschlag auf die Unterkunft gegeben hat." Und das sagt er mit so ruhiger Stimme!, dachte Stefan. „Können Sie uns etwas sagen?"

„Oh mein Gott, was ... ist jemand verletzt?"

„Soweit wir sagen können, nur leicht. Die Flüchtlinge sind natürlich alle erschrocken, aber die Kollegen des Krisen-Interventions-Teams sind bereits vor Ort und kümmern sich. Der Anschlag hat offensichtlich die Büroräume getroffen, nicht die Schlafräume. Allerdings sind auch dort ein paar Scheiben geborsten und die Scherben haben für leichte Schnittwunden gesorgt. Die Sanitäter haben aber wohl schon alle versorgt."

Stefan wollte zu seinem Büro gehen, aber der Kriminalhauptkommissar hielt ihn fest. „Sie können jetzt nicht dorthin!"

„Aber ... "

„Nicht jetzt. Die Kollegen vom Sprengstoff-Team untersuchen den Tatort noch. Und auch danach können Sie das Büro noch nicht betreten. Erst muss die Spurensicherung hinein. Wir wollen ja nicht, dass Sie oder jemand anders jetzt noch Spuren legt. Die könnten uns hinterher die Arbeit unnötig erschweren."

Der ruhige Ton des Beamten trieb Stefan fast zum Wahnsinn. „Warum haben Sie mich dann gerufen?"

„Fällt Ihnen hier etwas Ungewöhnliches auf?", fragte Schmidt statt einer Antwort.

Ungewöhnlich? Ja, da ist ein Loch in der Wand, dachte Stefan. Aber er sagte es nicht. Er sah sich um. „Nein ... nein, es scheint alles normal. Also, jetzt auf den ersten Blick. Mehr kann ich erst sagen, wenn ich mich umsehen kann."

„Das wird leider noch eine Weile dauern. Können Sie sich vorstellen, wer so eine Tat verübt haben könnte?"

Stefan klappte die Kinnlade herunter. „Ja klar! Das ist ein Flüchtlingsheim! Das waren bestimmt irgendwelche Faschos!"

„Aber einen konkreten Verdacht haben Sie nicht?"

Stefan schüttelte den Kopf. „Nein", sagte er zur Bekräftigung.

„Vielen Dank einstweilen. Macht es Ihnen etwas aus, hier zu warten? Vielleicht haben wir noch weitere Fragen an Sie."

„Ja ... ja, nein, meine ich. Es macht mir nichts aus."

„Dann vielen Dank. Wir sprechen uns nachher, wenn wir uns einen Überblick verschafft haben."

Stefan kam das alles vor wie ein Albtraum. Er musste da rein! Er rannte los, doch dabei übersah er den Polizisten, der ihn mit einer geübten Bewegung seines Arms brutal stoppte.

* * *

Alle Kräfte waren zusammengerufen worden, um das Gelände zu sichern, darunter auch Mona, Franz und Mike. Während Franz versuchte, die Gaffer im Zaum zu halten, stand sie etwas weiter hinten und kümmerte sich darum, dass kein Flüchtling versuchte, an sein Hab und Gut zu kommen. Mike stand ein Stück weit entfernt und stritt sich gerade mit diesem Sozialhelfer herum. „Sie können da nicht hin. Das ist jetzt ein Tatort. Sie haben da nichts zu suchen."

Stefan gab auf. Er musste wohl warten. Der bullige Polizist, wie war noch sein Name, ach ja, Schoper, guckte ihn noch lange an, bis er sich halb wegdrehte und laut sagte. „Scheiß Flüchtlinge. Jetzt sprengen die noch ihre eigene Unterkunft in die Luft. Alles Islamisten!"

„Was fällt Ihnen ein!" Dabei konnte Stefan nicht ruhig bleiben. „Hier sind Menschen verletzt worden!"

„Doch nur Flüchtlinge, oder etwa auch jemand, auf den es ankommt?"

„Sie Schwein! Sie verdammtes Rassistenschwein!"

Schoper grinste nur. „Auch noch eine Beamtenbeleidigung?"

„Und Sie haben eine rassistische Äußerung gemacht! Was ist wohl schlimmer? Warten Sie, das kostet Sie Ihren Job und Ihre feine Beamtenpension!"

„Das traust du dich nicht."

„Wetten, dass doch?"

„Das wirst du nicht tun, dafür werde ich sorgen!"

Stefan wandte sich an Mona: „Sie! Sie haben doch alles gehört?"

Mona zögerte. Natürlich war Mike ein Schwein, aber er war auch ein Kollege. Kollegen verpfeift man nicht, das hatte man ihr früh eingebläut. Sie drehte sich um und ging. Fast meinte sie, Stefans fassungslosen Blick in ihrem Rücken zu spüren.

Am Tiefpunkt

Es wurde eine lange Nacht. Stefan wartete eine Stunde, dann gab der Kampfmittelräumdienst Entwarnung. Keine weiteren Bomben gefunden. Jetzt waren Männer in Schutzanzügen dabei, das Büro oder vielmehr das, was davon übrig war, zu untersuchen. Stefan konnte nun immerhin das Gelände umrunden, konnte aber nichts Auffälliges entdecken. Endlich, weitere drei Stunden später, zogen die Polizisten ab und hinterließen nichts außer Absperrband und den Hinweis, sie würden am nächsten Tag wiederkommen und bei Tageslicht versuchen, weitere Spuren zu sichern. Bis dahin dürfte Stefan nichts anrühren.

Erst jetzt fiel ihm ein, dass er Claudia gar nicht verständigt hatte und wählte ihre Nummer. Nach vier Ruftönen ging die Mailbox an. Er legte auf. „Hallo, Stefan hier, du, reg dich nicht auf, aber hier ist gerade eine Bombe hochgegangen", wäre wohl sicher nicht die beste Nachricht, um sie auf einer Mailbox zu hinterlassen. Unschlüssig stand er herum, da klingelte das Handy. Claudia. Er berichtete ihr, was vorgefallen war. Auch sie war sofort hellwach.

„Soll ich vorbeikommen?"

„Nein, lass mal. Wir können hier rein gar nichts machen. Die Polizei hat alles abgeriegelt. Versuch noch ein wenig zu schlafen. Ich gehe jetzt auch nach Hause."

* * *

Er hatte sie nicht kommen hören. Gerade hatte Stefan die Tür zum Gelände der Flüchtlingsunterkunft zugezogen und versucht, das Flatterband dabei nicht zu beschädigen. Er drehte sich um und sah nur noch den Lauf einer Pistole. Es dauerte ein wenig, bis er den Polizisten dahinter erkannte. „Mitkommen." Es war dieser Rassist. Schoper. Dahinter ein Rotschopf in Uniform. „Guck mal, der wehrt sich."

Danach brannten Stefans Augen. Er konnte nichts mehr sehen. Vor Schmerzen nahm er nur undeutlich war, wie seine Hände brutal auf den Rücken gedreht wurden. Dann stopften sie ihn wohl in einen Polizeiwagen. Ein dumpfer Schlag, Schmerz: Offensichtlich hatten sie „aus Versehen" seinen Kopf vor die Türrahmen gehauen.

„Oh, 'tschuldigung!", rief eine Stimme. „War keine Absicht!" Zwei Männer lachten. „Wir nehmen Sie jetzt mit zur

Wache. Sie haben das Recht, die Klappe zu halten!" Beide lachten wieder.

* * *

„Wir haben Grund zur Annahme", Schoper klang, als hätte er das auswendig gelernt, „dass Sie Drogen dabeihaben. Bitte leeren Sie Ihre Taschen Stück für Stück."

Stefan wähnte sich in einem Albtraum. Seine Augen brannten noch von dem Pfefferspray. Etwas undeutlich konnte er erkennen, wie Schoper mit seiner Dienstwaffe immer noch auf ihn zielte: „Schön langsam. Wir wollen doch nicht, dass ich den Eindruck bekomme, mich gegen einen tätlichen Angriff verteidigen zu müssen. Jetzt erst einmal die Taschen leeren." Während er langsam den Inhalt seiner Jeanstaschen ausbreitete, grübelte Stefan. Hatte er noch etwas Gras in der Tasche? Im Portemonnaie? Im Tabak? Ne, eigentlich war alles zu Hause. Auf der Arbeit kiffte er nicht.

„Und jetzt die Klamotten." Kleidungsstück für Kleidungsstück landete auf dem Tisch. „Die Unterhose auch." Stefan zögerte, aber die Dienstwaffe sprach für sich. Der andere Bulle, der Kompagnon mit den roten Haaren, grinste so feist, dass es fast schon ein Lachen war. Schoper machte mit der Waffe eine Geste in Richtung von Stefans Genitalien. „Guck mal das kleine Schwänzchen." Er lachte. Der Rotschopf stimmte nicht mit ein.

Stefan war nackt. Fast. „Die Socken – bitte." Der Ton dieses „Bitte" war eindeutig. Das war keine Bitte, Schoper hatte sichtlich Spaß an der Demütigung. Stefan musste sich natürlich bücken, um die Socken auszuziehen.

„Die Hände auf den Rücken." Jetzt bewegte sich auch der Rotschopf. Stefan nahm die Hände, mit denen er seine Blöße bedeckt hatte, auf den Rücken. Kabelbinder also auch noch.

Unsanft knallte sein Oberkörper auf den Schreibtisch. „Bücken, habe ich gesagt", so Schoper. „Habe ich doch gesagt, oder?" Er lachte. Stefan spürte, wie der kalte Lauf einer Dienstwaffe versuchte, in seinen Anus einzudringen. „Wir müssen doch sicher sein, dass du nicht irgendwo Drogen stecken hast."

„Bist du sicher, dass er nix an den Eiern kleben hat?" Sieh da, der Rotschopf konnte sogar sprechen.

„Mach du."

„Gerne." Stefan wurde unsanft etwas zurückgezogen, sodass sein Oberkörper nur noch halb auf dem Schreibtisch lag. „Beine auseinander."

Was blieb Stefan übrig? Er nahm die Beine auseinander und – spürte nur noch, wie ein Schlagstock seine Hoden traf. Er verlor vor Schmerz das Bewusstsein.

* * *

Stefan hatte jegliches Zeitgefühl verloren. Wie viele Stunden lag er jetzt schon in einer Zelle, nackt, die Hände immer noch auf dem Rücken gefesselt und nicht wissend, wie er seine Haut vor der Kälte der Fliesen schützen sollte? Die Zelle, in der er aufgewacht war, stank erbärmlich, er wusste nur nicht genau, nach was. Es war dunkel, nur ein wenig fahles Mondlicht kam durch einen Schlitz, den Stefan nicht Fenster nennen wollte. Der Schlitz war aber unter der hohen Decke. Außer ihm und dem „Fenster" gab es nichts in dem Raum. Kein Bett, kein Klo. „Eine Zelle ist das nicht", dachte Stefan. Er wartete – und wartete.

Endlich ging die Tür auf. Schoper. „Hinstellen."

Mühsam richtete Stefan sich auf, so gut es eben mit gefesselten Händen und tauben Beinen ging. Er stand. Zu einem Widerspruch fehlte ihm die Kraft, als Schoper sein Handy zückte und ihn fotografierte. „Was für die Galerie." Er lachte kurz auf.

Schoper zerrte Stefan durch leere Flure bis zu einem Abstellraum. „Hinsetzen." Stefan spürte, wie sich das billige Kunstleder des Stuhls an der nackten Haut seines Hinterns und seiner Hoden festsaugte. Er fröstelte. Ihm war kalt.

„Du hältst jetzt schön die Klappe." Schoper stopfte einen dreckigen Lappen in seinen Mund und band ihn mit einem zweiten zu. „Hör mir jetzt mal gut zu." Der Bulle starrte ihn aus kalten Augen an. „Wir stehen nicht drauf, wenn sich andere in unsere Ermittlungen einmischen. Wir sind hier die Profis, verstanden?" Stefan nickte. „Gut."

Schoper verließ den Raum, schloss die Tür ab. Stefan saß im Dunkeln, aber diesmal gefühlt nicht so lange. „Hier." Der Rotschopf hatte eine Kiste dabei. Stefans Klamotten.

Als Stefan das Kommissariat verließ, offensichtlich durch einen Nebeneingang, war es dunkel. Mitten in der Nacht. Sein Martyrium hatte nur wenige Stunden gedauert. Schlimmer konnte es nicht mehr werden, dachte er.

Er irrte.

In die Fresse

Stefan war fast zu Hause. Er war von der Wache durch die stille Nacht gelaufen – die kalte Luft tat ihm gut.

„Das ist er!" Stefan erschrak. Wer hatte das gerufen? Die Antwort wurde ihm schnell klar, als vier bullige Typen mit blau-weißen Sturmhauben auf dem Kopf auf ihn zukamen. Ganz langsam. Er drehte um, wollte wegrennen, aber der lange Marsch und die Nacht auf den kalten Fliesen steckten ihm noch in den Beinen.

Er kam nicht weit, bis ihn der erste packte, mit der einen Hand zurückriss und mit der rechten, die Hand zur Faust geballt, ins Gesicht traf. Stefan sah Sterne, schmeckte sein Blut im Mund.

„Hör mal, du Kinderficker. Das geht dich nichts an."

„Was wollt ...?" Ein weiterer Faustschlag, diesmal in die Magengrube.

„Halt's Maul. Merk dir: Wer Stancky umgelegt hat, geht dich einen Scheißdreck an, kapiert?"

Stefan nickte.

„Merk dir, das war nur eine Warnung. Halt dich da raus! Oder wir kommen wieder!" Ein weiterer Schlag, diesmal platziert auf den Unterkiefer; Stefan ging zu Boden. Zwei der vier verabschiedeten sich noch mit einem festen Tritt von ihm – der eine in den Hintern, der andere übelst auf die Rippen. Stefan ging die Luft aus.

Die Wiedergeburt

Das Erste, was Stefan tat, als er zu Hause ankam, war Claudia eine SMS zu schicken. „Komme morgen später", textete er. „War eine lange Nacht, wie du dir vorstellen kannst." Seinem Arbeitgeber, der Stadt, sagte er nicht Bescheid. Würde Claudia sicher übernehmen, wenn jemand fragte. Da verließ er sich blind auf sie. Wie ein altes Ehepaar eben. Und fragen würde diesmal wohl jemand, auch wenn sich sonst niemand um die Mitarbeiter des Flüchtlingsheims scherte. Alle waren froh, wenn es ruhig lief. Ob die Dienstzeiten eingehalten wurden, scherte auch niemanden. Hauptsache, die Unterkunft kam nicht in die Presse. Gut, das würde sich diesmal wohl nicht vermeiden lassen.

Er wollte schlafen, aber fand keine Ruhe. Außerdem erlaubten seine schmerzenden Rippen keine angenehme Lage. Dabei war er gleichzeitig aufgedreht. Ein Mord, eine Bombe, der Albtraum mit den beiden Polizisten und zu guter Letzt das Überfallkommando – was war nur aus seinem Leben geworden. Er baute sich einen Joint, aber auch das lenkte ihn nur kurz ab. Jetzt hockte er wie ein Schaf vor den Bösen dieser Welt und glotzte wie ein Reh. Ja, das passte besser. Ein sanftes Reh, das vom Leben überfahren wurde.

Damals, früher, ja, da war alles noch anders. Da hatte er gekämpft. Er konnte sich gar nicht mehr erinnern, auf wie vielen Demos gegen Nazis er gewesen war. Dabei ging es nicht immer friedlich zu, im Gegenteil. Die Faschos, die unverhohlen ihre Nazi-Symbole zeigten, eine Polizei, die dagegen nicht einschritt, sondern lieber auf die linken Demonstranten einprügelte.

Oft waren Steine geflogen. Und Stefan hatte auch geschmissen, was ihm gerade in die Hände kam. Oder damals, als er sich gegen die Castortransporte an die Gleise gekettet hatte, bis die Polizisten ihn erst verprügelt hatten und dann losgeschnitten. Das hatte erst ein Ende gefunden, als die Kamerateams begonnen hatten, die Einsätze zu begleiten.

Die eine oder andere Geldbuße hatte er zahlen müssen. Danach hatten sie sich aufs „Schottern" verlegt, die Gleise auf den Castor-Strecken zerstört. Trotzdem hatten sie ihn bei der Stadt eingestellt. Sozialarbeiter, die sich für Flüchtlinge engagierten, waren eben ein rares Gut geworden, als die „Flüchtlingswelle" – auch so ein Scheißausdruck der Presse, dachte er – gekommen war. Und dann das noch schlimmere Wort „Asyltourismus".

Aber das Leben mit einem festen Gehalt hatte ihn träge gemacht. Und das Gras. Zu träge. „Ach, scheiß drauf", sagte Stefan laut. Er löschte den Joint. Es war der letzte seines Lebens.

Bei Mona (5)

Jonas war weg, als sie endlich nach Hause kam. Vermutlich hatte er „noch was zu erledigen". Sie hatte sich abgewöhnt, danach zu fragen: Zum einen wollte er eh nicht über seine „Dinge" reden, zum anderen war es auch besser so, denn je weniger sie wusste, desto weniger konnte sie mit ihrem Polizistengewissen hadern. Und je weniger sie wusste, desto weniger konnte sie sich verplappern, wenn der Tag kam, an dem sie ihm auf der Wache begegnete, weil er einmal nicht schnell genug abhauen konnte.

Der Morgen graute schon, als das Geräusch seines Schlüssels in ihrem Türschloss sie weckte. Er versuchte leise zu sein, als er ins Schlafzimmer kam. Vorsichtig hob er die Decke und legte sich zu ihr. Oh mein Gott, er hatte schon einen Ständer! Dann musste die Nacht für ihn erfolgreich gewesen sein. Sie wollte es lieber nicht zu genau wissen. Außerdem, wer schubste schon einen geschenkten Gaul von der Bettkante.

Die Kommission (5)

Die Sitzung der Mordkommission war spontan erst auf 13 Uhr anberaumt worden. Schließlich hatten alle Einsatzkräfte eine lange Nacht hinter sich. Schmidt hatte das kurzfristig verkündet.

„Bevor wir zu dem Mord kommen – ja, meine Damen, meine Herren, darum sitzen wir noch immer hier –, möchte ich Ihnen noch mitteilen, dass der Generalbundesanwalt die Ermittlungen wegen des Sprengstoffanschlags an sich gezogen hat. Terrorverdacht. Es versteht sich von selbst, dass wir ihn nach Kräften unterstützen werden. Bis dahin sollten wir aber die Sache mit dem Mord nicht aus den Augen verlieren und alle verbleibende Zeit darauf verwenden. Ich muss Sie nicht daran erinnern, dass wir nur wenig in der Hand haben." Er machte eine Kunstpause. „Leider muss ich Ihnen sagen, weniger als nichts. Auch die Suche nach DNA-Spuren an der Leiche blieb ergebnislos, wie mir die Forensiker heute Morgen mitgeteilt haben."

Heute Morgen?, dachte Mona. Kein Wunder, dass Schmidt übernächtigt aussieht und noch übellauniger ist als sonst. Er wird wohl kaum Schlaf gefunden haben.

„Wir sollten deshalb unsere Ermittlungen intensivieren. Wie mir der zuständige Staatsanwalt ebenfalls heute Morgen mitgeteilt hat, reicht das Beweismaterial gegen den Tatverdächtigen Wael Hemidi nicht aus. Tatsächlich ist er sich nicht einmal sicher, ob dem Landgericht die Indizien, die wir bisher haben vorlegen können, ausreichen, um überhaupt eine Anklage zu erheben. Er ließ keinen Zweifel daran, dass er mit unseren Ermittlungen nicht zufrieden ist." Schmidt guckte in die Runde. „Von daher durchleuchten Sie bitte alle bisherigen Unterlagen und untersuchen, ob sich weitere Ermittlungsansätze finden lassen. Ich erwarte morgen Ihren Bericht. Wieder zur gewohnten Zeit um neun Uhr."

Schalker Fan-Initiative (2)

Noch mal von vorne, dachte Stefan. Ich muss etwas übersehen haben. Irgendwo in diesen vielen Gesprächen, die ich geführt habe, muss der entscheidende Hinweis stecken. Er stieg an der Berliner Brücke aus der S-Bahn und schleppte sich zum Fan-Laden. Robert war da. Der war wohl immer da, dachte Stefan. Was macht der eigentlich beruflich?

„Hi Stefan! Mein Gott, wie siehst du denn aus? Ist das von der Bombe?"

„Nein, äh ... ja." Stefan fuhr vorsichtig über sein lädiertes Gesicht. Aber er hatte beschlossen, keinem von seinen nächtlichen Erlebnissen zu erzählen. Das ging niemanden etwas an und außerdem wollte er es selbst am liebsten vergessen. Sofern sein Spiegelbild das zuließ. Robert war natürlich neugierig und erkundigte sich nach dem Anschlag. Schließlich war das Thema erschöpft und Robert fragte ihn: „Hat das geklappt mit Gundula?"

„Ja, danke noch mal. Eine sehr nette Person. Schade, dass sie so leiden muss."

„Ja, die Arme. Nicht nur, dass ihr Mann auf so tragische Weise gestorben ist. Weißt du, was sie jetzt feststellen musste? Sie ist arm wie eine Kirchenmaus. Das gemeinsame Konto ist quasi leergeräumt."

„Bitte was?"

„Ja, sie kann sich das auch nicht erklären. Um das Geld hat sich immer ihr Mann gekümmert, sagte sie. Eigentlich müsste genug da sein, hatte sie gedacht. So eine Beerdigung ist schließlich nicht billig. Aber als sie zur Sparkasse ging, um die Formalien zu regeln, da hat der Banker ihr erklärt, dass das Konto tief in den roten Zahlen steckt. Sie sind dann zusammen die Kontoauszüge durchgegangen. In den letzten Wochen sind wohl immer wieder hohe Beträge ausgezahlt worden. Bar."

„Und sie weiß nicht, wo das Geld geblieben ist?"

„Nein, sie hofft jetzt, dass ihr Mann es irgendwo in der Wohnung versteckt hat. Aber bis jetzt hat sie nichts gefunden. Auch keinen Hinweis. was er damit getan hat. Sie versucht jetzt, ob der Dachverband ihr aus der Patsche helfen kann mit einem Kredit oder so, aber sie hat da wenig Hoffnung. Ich auch nicht." Er machte eine Pause. „Und was macht dein Mord?"

Gute Frage, dachte Stefan. Ob es da wohl einen Zusammenhang gibt?

Er würde wohl noch mal mit der Stancky reden müssen. Aber erst einmal musste er am Flüchtlingsheim vorbeischauen. War ja schließlich sein Job.

Auf Streife

Alle Streifenwagen waren gehalten, so oft wie irgendwie möglich an der Flüchtlingsunterkunft zu patrouillieren. Schließlich konnte es sein, dass der oder die Täter zurückkehrten. Das kam häufiger vor, als man dachte, und war beileibe keine Erfindung von Krimiautoren, wusste Mona. Beim vierten Mal sah sie zwar nicht den Täter, aber doch etwas, was ihre Aufmerksamkeit weckte. „Halt mal!", sagte sie zu Mike, der diesmal am Steuer war. „Komme gleich wieder!"

„Sollen wir dich begleiten?", fragte Franz, fürsorglich wie immer.

„Nein, lass mal. Bin gleich zurück, dauert nicht lange!"

„Keiner soll allein ... ", sagte Franz noch.

„Ihr seid ja in Sichtweite", rief Mona, schon dabei, das Auto zu verlassen.

Stefan stand noch im Eingang zu seiner Arbeitsstätte und besah sich die Bescherung. Was sollte er eigentlich hier? An Arbeit war nicht zu denken. Das Büro war versiegelt und alle Bewohner auf andere Unterkünfte verteilt. Claudia war auch weit und breit nicht zu sehen. Plötzlich hörte er eine Frauenstimme hinter sich rufen: „Sie! Sie da! Herr Dobretzky!"

Stefan drehte sich um und Mona konnte sein Gesicht sehen. Da hat die Bombe ganz schön was angerichtet, dachte sie zuerst. Dann fiel ihr ein: Moment, das kann nicht sein.

Gestern Nacht hat er noch ganz normal ausgesehen. In ihr keimte ein fürchterlicher Verdacht.

„Herr Dobretzky? Kann ich Sie etwas fragen?" Eigentlich hatte sie ihm Vorhaltungen machen wollen, dass er sich wiederholt in polizeiliche Ermittlungen einmischte, ihre Ermittlungen, aber in ihr meldete sich das schlechte Gewissen. Und vor allem, dachte sie, jetzt bloß keinen Verdacht erregen. Vielleicht liege ich ja falsch, oh, wie sehr ich hoffe, falsch zu liegen, aber wenn nicht, dann ist es besser, jetzt freundlich zu sein.

„Herr Dobretzky, warum begegne ich Ihnen immer wieder?"

Zunächst sah er sie verwundert an, dann aber blitzte die Erkenntnis in seinen Augen auf. Mit ihren braunen Haaren hatte er sie zunächst nicht erkannt.

Trotzig erwiderte er: „Zufall?"

„Ich glaube nicht an Zufälle." Gott, klingt das klischeehaft, dachte sie. „Ich meine, Sie laufen mir immer wieder über den Weg und bewegen sich eigentlich immer im Umfeld des Mordopfers. Das kann doch kein Zufall sein."

„Dann verhaften Sie mich doch." Sie reagierte nicht, guckte nur verletzt. Ihre Art ließ etwas von seiner Bockigkeit bröckeln. „Was denken Sie denn?", fragte er. „Sie haben einen Unschuldigen hinter Gitter gebracht. Und ich versuche jetzt, seinen Hals zu retten. Sie und Ihre Kollegen haben sich ja nicht viel Mühe gegeben, den wahren Täter zu ermitteln. Sie haben Wael und damit ist für Sie und Ihresgleichen der Fall abgeschlossen. Der Ausländer war's, fertig. So machen Sie das doch, oder?"

„Ehrlich gesagt, glaube ich auch nicht, dass Herr Hemidi es gewesen ist", sagte sie leise. „Die Beweise sind etwas sehr dünn." Sie hob ihre Stimme, wurde wieder offiziell. „Aber das habe ich Ihnen nicht gesagt!"

Er guckte überrascht. So kannte er Polizisten gar nicht. Vielleicht lag es daran, dass sie so jung war. „Dann ermitteln Sie doch weiter!"

„Ich weiß nicht, wo. Alle Spuren sind im Sande verlaufen." Ihre Offenheit entwaffnete ihn. Und es ging ihm ja ähnlich. Er nickte. Vielleicht ist es ja an der Zeit, die Sache doch den Behörden zu überlassen, dachte er. Er hatte zwar eine Spur, wusste aber nicht, wie er sie verfolgen sollte. Da hatte die Polizei andere Möglichkeiten – wenn sie sie nur richtig nutzte. Er erzählte Mona von dem verschwundenen Geld. „Ich weiß nicht, was das zu bedeuten hat", räumte er ein. „Aber so viel Geld wie vom Erdboden verschwunden – und wenige Tage später liegt der Mann tot in den Büschen. Da muss es doch einen Zusammenhang geben!"

Mona war sprachlos. Warum waren sie und ihre Kollegen nicht darauf gekommen? Wie konnte das sein?

Beim Hauptkommissar

„So eine verdammte Schlamperei!" Eugen Schmidt war stocksauer. Es hatte wenig Mühe gekostet, bis Mona mit ihm sprechen konnte – der Hinweis, dass sie etwas in Sachen Mordfall gefunden hatte, eine Spur, die weiterführen könnte, sorgte dafür, dass er ihr schnell etwas Zeit einräumte. Während sie ihm von ihrem Gespräch mit dem Sozialarbeiter berichtet hatte, war der KHK immer weiter rot angelaufen. „Das ist doch völlige Routine, den Hintergrund des Opfers auszuleuchten! Warum hat keiner daran gedacht, einfach mal in die Konten zu gucken!"

Er war außer sich. Dann griff er in die Schublade, holte etwas heraus, was Mona nicht sehen konnte, drehte sich weg und spülte es mit einem Schluck Wasser hinunter. Dann war er bereit, zum Telefonhörer zu greifen. Er bellte ein paar Anweisungen hinein, die darauf hinausließen, sich gefälligst die Kontobewegungen des Opfers zu besorgen. Und zwar *pronto*.

Mona fiel noch etwas ein. „Entschuldigung?", wagte sie sich vor. „Ich habe noch eine Idee."

„Einen Moment", sagte Schmidt zum Telefonhörer, deckte die Hand über die Muscheln und fragte: „Ja?"

„Vielleicht sollten wir auch die Kontobewegungen der Leute aus dem Fanclub-Umfeld genauer unter die Lupe nehmen. Irgendwo muss das Geld ja geblieben sein – und das war sein soziales Umfeld, in dem er sich bewegte."

Schmidt nickte und erteilte auch diese Anweisung. Dann legte er auf und sagte zu Mona: „Herzlichen Dank. Wenigstens Sie haben hier professionell gehandelt."

Jetzt war es Mona, die rot wurde.

* * *

Es dauerte zwar ein wenig, bis die Mitglieder der Mordkommission auf die Kontodaten zugreifen konnten; schließlich war dazu ein richterlicher Beschluss notwendig. Es gab ein wenig Hin und Her, bis sich beide Seiten geeinigt hatten, wessen Geldbewegungen überhaupt untersucht werden durften.

„Datenschutz!", hatte Mike verächtlich geschnaubt.

Schlussendlich hatte der Richter zugelassen, dass alle Funktionsträger im Fanclub-Verband untersucht werden durften, da diese ja die Kontaktpersonen waren. Und so saßen gleich mehrere Mitglieder der Mordkommission im Sitzungszimmer zusammen und hatten Berge von Papier vor sich.

„Treffer!", rief nach nur einer halben Stunde der Kollege Forst. „Das ist doch auffällig!"

Alle sahen ihn an.

„Bernhard Döring", setzte er an. „Seit Monaten ist sein Konto immer tiefer in die roten Zahlen gerutscht, und das vor allem durch Barabhebungen. Doch seit ein paar Wochen – keine einzige Abhebung. Er hat kein Geld mehr gezogen!"

„Wie will er dann einkaufen gegangen sein?", dachte Polizeimeister Opcinsky laut.

„Eben!"

* * *

„Die Nachbarn können wir nicht befragen", sagte Hauptkommissar Schmidt. „Zu auffällig, das könnte er mitbekommen. Aber wenn es um Geld geht, versuchen wir einen Klassiker.

Es funktionierte: Die Beamten, die die Spielhallen in der Umgebung befragten, brachten rasch die Nachricht mit, dass Döring spielsüchtig war und in den meisten Läden schon Hausverbot bekommen hatte, weil er auffällig geworden war.

Zugriff!

Franz, Mike und Mona wurden mit ihrem Streifenwagen nach Resse beordert. Wie viele andere Streifenwagen auch. Doch alle sollten außer Sichtweite der Adresse parken, die Mona bekannt vorkam. Natürlich. Der Döring.

Vor Ort erwartete sie Kriminalhauptkommissar Eugen Schmidt höchstpersönlich. „Wir müssen davon ausgehen, dass Döring den Totschlag begangen hat. Damit ist klar, dass Sie damit rechnen müssen, dass er Sie angreift. Frau Horstkötter, Sie bleiben deshalb bitte hier. Wir brauchen erfahrene Einsatzkräfte mit einem gewissen körperlichen Durchsetzungsvermögen. Außerdem habe ich die Hoffnung, dass er

Ihren beiden Streifenwagen-Kollegen die Tür öffnet und sie hineinlässt, weil er sie bereits kennt. Darum möchte ich Sie bitten, dass Sie den Erstzugriff versuchen. Aber seien Sie vorsichtig! Beim geringsten Zeichen von Gefahr ergreifen Sie bitte geeignete Maßnahmen und verständigen Sie Ihre Kollegen. Meine Herren, sind Sie einverstanden?"

„Klar!", sagte Mike sofort.

„Natürlich, Herr Hauptkommissar." Franz zurückhaltender.

Mona blieb nur das Warten. Nur wenige Minuten später kamen ihre beiden Kollegen aber wieder heraus, zwischen sich Döring eingeklemmt. Er hatte ein blaues Auge und seine Nase blutete. „Er hat sich der Verhaftung widersetzt", erklärte Mike unaufgefordert. Franz verdrehte nur die Augen. Mona war erleichtert. Die ersten Schaulustigen liefen auf – und wie immer gelang es den Beamten nicht, sie zu vertreiben. Erst als Döring abgefahren war, verlief sich die Menge. Einige hatten gefilmt, andere fotografiert. Hoffnungslos zu versuchen, die Bilder einzufangen, dachte Mona. Die sind jetzt schon bestimmt auf Facebook.

* * *

Die Bilder waren nicht nur auf Facebook, sondern – mit einem Balken vor Dörings Augenpartie – auch auf den Internetseiten der Lokalzeitung. „Verhaftung in Resse", lautete die Überschrift. „Hat es mit dem Mord an Karl S. zu tun?" Der Rest blieb Spekulation. Dieser Gert Rehmann hatte offensichtlich zu wenig Fakten. Damit wird wohl die nächste Pressekonferenz fällig, dachte Mona. Das kann auch ein Eugen Schmidt nicht aussitzen. Aber er konnte und weigerte sich, eine einzuberufen.

Die Mordkommission trat außerordentlich zusammen und Schmidt berichtete, dass der mutmaßliche Täter nicht geständig sei. „Ich gehe aber davon aus, dass wir in nächster Zeit nicht mehr zusammensitzen werden. Wir haben in der Wohnung Schuhe sichergestellt, die der Spurensicherung zugegangen sind. Nach einem ersten mündlichen Bericht passen diese zu den Abdrücken, die wir am Tatort gefunden haben. Meine Damen, meine Herren, ich hoffe, es ist noch nicht zu früh, aber ich darf uns zu diesem Erfolg gratulieren. Ganz besonders übrigens Frau Horstkötter, die sich hervorragend bewährt hat."

Draußen sagte Mike. „Die haben nicht nur Schuhe gefunden." Er lachte. Franz schüttelte resignierend den Kopf, Mona verstand kein Wort.

Mike fuhr fort: „Da waren Spuren in der Küche. Als ob jemand versucht hat, ein Bömbchen zu bauen. Deshalb jetzt die Geheimniskrämerei von dem Alten. Er hat Schiss in der Buchse, das was nach außen dringt und der Bundesanwalt nur noch verkünden kann, was eh alle Spatzen von den Dächern pfeifen."

* * *

Die Forensik fand rasch heraus, dass die Spuren mit dem Sprengstoff übereinstimmten, der am Flüchtlingsheim gefunden worden waren. Und nicht nur das: Dörings Computer wurde beschlagnahmt und die Spezialisten meldeten bald, dass er sich die Anleitung zum Sprengstoffbasteln wohl im Internet beschafft hatte.

Das war zu viel für den neuen Hauptverdächtigen: Im Verhör mit diesen Fakten konfrontiert, „brach er zusammen", wie es im Polizeijargon hieß, und packte aus. Ja, er hatte Stancky ermordet. Wegen Geld. Monatelang hatte er ihn erpresst. Weswegen genau, kam dabei nicht heraus. Anscheinend musste Stancky irgendwelche krummen Dinger im

Fanclub-Verband gedreht und häufiger Eintrittskarten unter-
schlagen haben. Als Kartenbeauftragter hatte er dazu reichlich Gelegenheit. Doch das Geld landete nie bei den
Fanclubs, sondern steckte in seinen Reisen und wohl auch in
der ein oder anderen Prostituierten, die er sich bei Auswärts-
fahrten „hatte kommen lassen".

Döring hatte all das herausgefunden, als er in den Räum-
lichkeiten des Dachverbands die Akten gewälzt hatte, sagte
er. Schließlich war er hinausgeworfen worden – vom gesam-
ten Vorstand, der wohl zumindest davon gewusst haben
musste.

Und der Sprengstoff? „Ich hatte das Gefühl, ihr seid mir
auf den Fersen", soll er im Verhör gesagt haben. Ich musste
von mir ablenken. Und da ihr doch diesen Flüchtling hattet,
schien mir das logisch." Er hatte in der Zeitung von einem
Anschlag gelesen und da sei ihm der Gedanke gekommen.
„Ich habe wohl nicht richtig nachgedacht", war das Einzige,
was er dazu zu sagen hatte. Die Bombe hatte er direkt nach
dem Besuch des Sozialarbeiters, den er ja für einen Polizisten
gehalten hatte, gebastelt und in einem Müllcontainer beim
Flüchtlingsheim deponiert. Mit einem Fernzünder. Auch die
Anleitung dazu hatte er sich im Internet besorgt. Ein altes
Handy, mehr brauchte er dazu nicht, meinte er.

„Das passt nicht", sagte Mona laut beim Frühstück mit
ihren beiden Kollegen. „Der hat schon vor unserem Besuch
die Bombe gebaut und versteckt? Das kann nicht sein, Mike,
du hast doch die Müllcontainer ... oh."

Mike lief rot an. „Da war keine Bombe!"

Franz guckte ihn ernst an. „Hast du wirklich gründlich gesucht?"

„Da war keine Bombe!", schrie Mike. Alle in der Kantine
guckten herüber. Mike dämpfte seine Stimme. „Ich habe
gründlich gesucht. Wehe, ihr behauptet etwas anderes!"

Mona nahm einen Schluck Kaffee. Franz schüttelte nur den Kopf und blickte auf seinen Teller.

Im Flüchtlingsheim (7)

„Schöne Bescherung." Stefan hatte Claudia selten fassungslos gesehen, aber diesmal stand sie nur wie angewurzelt vor dem, was einmal ihr Büro gewesen war. Sie zuckte mit den Schultern. „Na, wenigstens hat sich der Papierkram erst einmal erledigt und keiner kann uns böse sein." Die Spurensicherung hatte das Büro freigegeben und die beiden standen mit einem Satz Umzugskartons herum. Statiker hatten das Gebäude vermessen und den beiden garantiert, dass es ihnen nicht über dem Kopf zusammenbrechen würde. Aber sie sollten schnell machen und herausholen, was sie benötigten. Mehr nicht.

„Komm, wir gucken mal, was wir noch an Dokumenten von unseren Jungs finden", meinte Stefan. „Leider sind die wertvollen Formulare von der Bombe zerstört worden." Beide lachten, dann schwiegen sie. Claudia sah Stefan an. „Ich fasse es nicht."

„Hmm?"

„Das alles, diese Zerstörung, und dabei hat der Kerl in Kauf genommen, dass Menschen zu Schaden kommen könnten. Und das alles nur, um von dem Mord abzulenken."

„Ja, unglaublich. Und dabei war es genau das, was ihn am Ende erledigt hat. Ich schätze, der hätte ewig den Mord leugnen können."

Claudia schüttelte den Kopf. „Wozu Menschen fähig sind. Aus Gier."

Stefan nickte. Schweigend suchten beide zusammen, was für ihre Schützlinge noch verwertbar schien. Ausweispapiere,

Kopien, alles, was ihnen helfen würde, doch noch Asyl zu bekommen. Dann standen beide mit nur einer Kiste am Tor.

„Morgen treten wir dann wohl erst einmal im Rathaus an", sagte Claudia. „Mal gucken, wo wir uns nützlich machen können. Ich glaube, in Hessler brauchen sie noch Leute. Außerdem sind die meisten jetzt dort. Muss ziemlich eng sein."

Stefan nickte nur.

„Und was machst du jetzt?", fragte Claudia.

„Erst einmal Feierabend", lachte Stefan.

„Und dann?"

„Mal gucken." Gute Frage, dachte Stefan. Wobei, ich habe Sonja das letzte Mal nur kurz gesehen, als sie mich vom Krankenhaus abgeholt hat. Geblieben war sie aber wieder nicht. Vielleicht rufe ich sie mal zur Abwechslung an. Statt immer nur sie mich.

Am Ende

Stefan kochte Kaffee, während Sonja am Frühstückstisch saß. Diesmal war sie nicht nur die Nacht, sondern bis zum Morgen geblieben. Und Stefan war sich diesmal ganz sicher, dass sie den Orgasmus nicht vorgetäuscht hatte. Keinen von den dreien.

In einem seiner alten Morgenmäntel rekelte sie sich am Frühstückstisch, während die Aufback-Croissants im Backofen ihrer Fertigstellung harrten. „Du solltest dich wirklich wieder mal rasieren."

Stefan befühlte seinen Dreitagebart. Eigentlich hatte er überlegt, ob er ihn nicht wachsen lassen sollte.

Sie lachte. „Nicht da."

Er grinste. „Ich dachte, das macht mich männlich."

Sie wurde ernst. „Bist du auch so. Und irgendwie verändert." Vermutlich wurde ihr bewusst, dass sie dabei auch etwas zu viel ihrer Gefühle offenbart hatte, denn sie wechselte abrupt das Thema.

„Und warum hat jetzt der Dings den anderen ermordet?"

„Es ging um Geld. Döring hat Stancky erpresst. Der hat brav gezahlt, bis ihm das Geld ausging."

„Erpresst? Womit denn?"

„Das ist nicht ganz klar herausgekommen. In der Zeitung stand nur, dass die wohl im Dachverband ein paar krumme Geschäfte am Laufen hatten. Unterschlagung, Veruntreuung und Steuerhinterziehung, hieß es da, nichts Genaues. Aber anscheinend hat Döring genau das in den Unterlagen vermutet, die er sehen wollte und die er nicht bekam. Anscheinend ist er doch auf das ein oder andere gestoßen, was er gegen Stancky verwenden konnte."

„Und dann bringt er ihn um, wenn er doch zahlt?"

„Zahlen konnte er wohl nicht mehr. Anscheinend hat Stancky im Gegenzug gedroht, Döring ans Messer zu liefern. Der hatte Spielschulden, hieß es, und häufiger mal in die Kasse gegriffen. Hat wohl Eintrittskarten an sich genommen, die für teuer Geld verjubelt und das alles am Fanclub-Verband vorbei. Das hat dann wohl einer dem Stancky gesteckt – und der hoffte, jetzt aus der Nummer herauszukommen, vielleicht sogar den Spieß umzudrehen. Er hat Döring da wohl unterschätzt."

„Also alles wegen Eintrittskarten für Fußballspiele?"

„Ja", sagte Stefan. „Karten. Es dreht sich immer nur um Karten."

Sonja rührte nachdenklich mit dem Löffel die Milch in ihrem Kaffee um. „Und dein Flüchtling? Der ist doch unschuldig und kommt jetzt nicht in den Knast, oder?"

„Ne, in den Knast kommt er nicht. Aber ich fürchte, für ihn gibt es kein Happy End."

„Warum das denn? Er hat doch nichts getan?"

„Na ja, zum einen ist er offensichtlich kein Flüchtling aus Syrien, sondern eher aus Libyen. Da wird das nichts mit dem Asylantrag, der wird abgelehnt. Und dafür hat er noch seine Identität verschleiert – das wird ihm sicher zur Last gelegt. Dann haben wir noch ein Verfahren wegen gefährlicher Körperverletzung aufgrund der Sache mit dem Buttermesser – und einen tätlichen Angriff auf zwei Polizisten inklusive Widerstands gegen die Staatsgewalt ... Ich fürchte, es ist nur eine Frage der Zeit, bis Wael abgeschoben werden wird. Davor bewahrt ihn einstweilen nur der Umstand, dass er seine Papiere vernichtet und Libyen es ja nie eilig hat, seine Staatsbürger zurückzubekommen. Aber am Ende wird er im Flugzeug in die Heimat sitzen, ob er will oder nicht. Er wird wohl nicht wollen. Natürlich werden wir alles versuchen, was möglich ist, aber verhindern werden wir das wohl nicht können."

„Traurig", sagte Sonja. „Und das ist also dein Job?"

„Er hat auch seine guten Seiten. Manchmal."

Sie schnappte sich die Zeitung. „Guck mal", versetzte sie dann, „da ist schon wieder ein Mord passiert. Diesmal in Bülse."

„Nicht mein Bier", sagte Stefan. „Diesmal nicht."

*** ENDE ***

Über den Autor

Markus Peick, Jahrgang 1971, ist seit Jahrzehnten Schalke-Fan und Mitglied des Vereins. Seine Stehplatz-Dauerkarte – so etwas ist heute gar nicht mehr zu erwerben – hat er schon zu Parkstadion-Zeiten gekauft.

Markus Peick ist Mitglied der großen Schalker Fan-Organisationen und kennt von daher das Innenleben des Vereins- und Fan-Lebens aus eigener Anschauung. Und er ist das, was früher „Allesfahrer" genannt wurde: Er fährt zu jedem Pflichtspiel seiner Mannschaft, selbst wenn ihn dies zu einem „Geisterspiel" nach Griechenland oder ins russische Krasnodar führt. Bei Testspielen und gelegentlich mit den Jugendmannschaften hat er die „Grounds" auch der unteren Ligen kennen- und schätzen gelernt.

Er ist seit Langem Redakteur des Schalker Fanzines „SCHALKE UNSER" sowie Gründungsmitglied des gemeinnützigen Trägervereins, dessen Vorstand er angehört.

Explosive Spannung

!

Martin Meyer-Pyritz:

Flammenhölle Düsseldorf

Kriminalroman

400 Seiten, **12,90 Euro.**
ISBN 978-3-89796-275-0.

Ein packender Kriminalroman um Gier, Intrige, Mord und Terror
Eine Weltsensation bahnt sich an: Der Wissenschaftler Paul Radmann
scheint für den Düsseldorfer Konzern Denkal Industries die Zauberfor-
mel zum Benzinsparen gefunden zu haben. Doch die Jäger nach der
Formel und ihre Hintermänner kennen keine Skrupel.

Blutige Karten

Daniel Höra · Braune Erde